比起昨天更喜歡

盼兮 著

目次
CONTENTS

推薦序

絢君

很榮幸能有這個機會為《比起昨天更喜歡》這部佳作寫推薦序，猶記這部作品尚在連載時我便一直默默地在關注它，礙於時間的因素，一直到完結後好幾個月才有時間細細品味這部故事。說來可笑，當初我是趁著上班閒暇的時候偷看的，看著看著不禁眼神朦朧，無奈接著工作又接踵而來，只得抹抹眼角，若無其事地繼續工作了。

盼兮曾告訴我，她喜歡在一部愛情小說裡添加不同的元素，增加故事的豐富度，而《比起昨天更喜歡》亦然。第一章便給讀者們拋出震撼彈，而後藉由複雜的人物關係、社團危機等層層堆疊出故事的深度與廣度，進而構建出主角筱薇的兩難，她如履薄冰的心境，莫得所遁，何嘗不讓讀者心疼，而帶入其中更會多加思索，倘若自己是筱薇，會下什麼決定呢？

「我們陷入選擇困難，只是因為沒有遇見最愛，那是無法對比的存在，在他面前都將黯然失色。」忘記是在哪兒看見這句話了，撰文時忽然飄進腦海裡，更是想起了筱薇這個未必那麼討喜，但是真實的女孩。

有人說，小說的重點在於人物，而一本好的小說在於好的人物塑造。盼兮筆下的幾個人物形象鮮明，在熙的深情、司海的神祕、鉉禹的可愛，無不讓讀者想要為幾個男主角各自成立後援會，連載期間讀者們也不斷哀號幾位男主角太令人糾結了，閱讀時我也是一下喜歡鉉禹，一下又被在熙撩得受不了，恨不得把自己變成筱薇，告訴盼兮拜託幾位男主角都讓我抱回家吧！

《比起昨天更喜歡》是我相當喜歡的一部作品，每每想起，都還是會為裡頭的人物而有所觸動。我想，我一定會比起昨天更喜歡它，而我相信，閱畢的你們一定也會有這般感受。

推薦序

能雪悅

距離初次閱讀《比起昨天更喜歡》時隔了一年的時間，再一次的重溫這個故事，我依然被這個故事吸引、依然陷入這個故事、依然陷入了角色的情感和矛盾。

盼盼的文字是很有魅力的。不單是她那優美又能寫入人心的字句，還有著她對故事的巧思編排。

不管是敘事的方式、劇情的編排，還是人物的刻畫，都有著自己獨特的巧思和設計。在她編織成句的文字底下，其實藏有了她對故事的巧思和細心。

常常在伏筆被揭開時我才恍然大悟，而她的安排是這麼縝密且自然。看似出乎意料的發展，每一步都是來自於她的巧思安排。

這次的重溫，我比上一次更仔細和用心的去讀這個故事。想更了解這個故事，想更明白那些我曾經忽略的細節和暗示。

如果說第一次的閱讀是我和他們一起跌跌撞撞的過程，那麼這一次，便是我理解他們的過程。

在這個故事裡我看見的不是愛情裡的美好、也不是男主角和女主角相愛而幸福的過程。我看見的是，即使他們為了愛情而遍體麟傷，卻還是想努力去愛的過程。

當局者迷，身為當事人的我們往往不自知，總是執著的想要抓住什麼，也因此做出了許多自以為是且一意孤行的選擇。在得到以前，早已先換來一身傷。

時間也許會抹平傷口，但時間也會帶走那些早已流逝的光陰，而我們卻不自知，仍執著的恣意浪費著。

時間會流逝，但還好流逝的時間裡，沒有帶走那個重要的人，更還好，徐在熙對筱薇的愛情是時間抹不去的。

我們要比起昨天更珍惜今天，更珍惜眼前還能去愛的時間。這樣，才不枉費那些已經逝去的時間。

0

你有聽過這麼一個故事嗎？

有一天，上帝和惡魔打賭，讓世界上學識淵博的智者墮落，於是惡魔下凡接近智者。

惡魔與智者簽定下了契約，只要讓智者說出：「讓這一刻最美的時光停留吧。」智者的靈魂便歸給惡魔。

那天之後，惡魔領著智者返老還童，再一次享受青春，體驗世間各種榮華富貴，試圖引誘智者墮入糜爛生活，最後，惡魔讓他陷入戀愛誘惑。

那場戀愛註定會是場悲劇，愛情裡的女主角和智者沒能逃過惡魔的捉弄，他們的愛情成就了一場腥風血雨的戰場，不懷好意的惡魔最終還是將他們的愛情導向毀滅。

惡魔說：「我是永遠否定的精靈。」

祂說：「墮落吧。」

善良的人也禁不住誘惑，跟隨惡魔的腳步。

所以墮落吧。

墮落吧。

徐在熙對我說：「回來吧。妳沒有成為第三者的天分。」

韓佳儀說：「妳沒有錯，妳是善良的人。」她把手放在我的肩上，如墨的黑髮使她白淨的臉更加蒼白，她的話毫無說服力，但卻有著致命的吸引力。

直到故事的最後，我才終於明白。

那時候徐在熙對我說故事，要我明白的不是奮不顧身的勇敢，也不是為愛犧牲的愚蠢，因為我不是智者放在心上的那位特別的人，不是悲劇愛情的主角。

我是……

1

徐在熙家鬧過幾次家庭革命，第一次是他家那個年過四十卻還幼稚的要命的一家之主在老婆生日那天和小三度過，結果好死不死被剛好外出的徐在好發現，當場人贓俱獲，徐先生因此被罰了整整一個月不能上餐桌吃晚餐，外加上禁足半年。

聽說那陣子徐先生連續買了一整年的花束和進口巧克力寄到徐太太工作的事務所，事情發展到最後，輿論風向一百八十度大迴轉，從街頭到巷尾都在稱羨這對夫妻都結婚十多了還這麼浪漫。

那年，徐在熙滿十五歲，人小鬼大的他，把一切都看在眼裡。

他興高采烈地和我說這就叫浪子回頭，有了那次的經驗後，徐家夫妻史上就沒有再出現男主人出軌的第二次不良紀錄。

但當我問他徐先生是否真的痛改前非，從此歸順家庭？

「怎麼可能？只是那之後，我爸他更謹慎的外遇。」當時，徐在熙一臉大義凜然地說。

第二次同樣轟轟烈烈的家庭革命是徐在熙私自拿了徐阿姨的存摺報名了日本七日旅遊團，徐阿姨在兒子無故失蹤第三日才發現家裡那個浪子又惹事了。

徐在熙從小就是徐家的麻煩鬼、闖禍精。

國小新生入學那天，徐在熙小弟弟就把熱心到校門口接待班上新生的班導師假髮扯了下來，還有打掃廁所的時候，不小心把在裡面拉肚子的班主任反鎖在裡面……依當事人的說法，這些全都是不小心，諸如此類的失手紀錄全部寫出來大概比一本字典還要有份量。

我會知道這麼清楚，百分之百並非本意，比方說現在——

「筱薇，妳有沒有看到我兒子。」徐阿姨從半開的鋁門後面探出頭來。

「沒有。」

我正好在打掃廁所，戴著粉紅色塑膠手套，一隻手握在門把上，一隻手還舉著馬桶刷。

徐阿姨半信半疑地又往屋內看了一眼，咖啡色波浪長髮隨著她的晃動，幾咎髮絲落入門內。

我快速瞥了一眼身後又收回視線，本能地伸手想擋住大門的空隙，無奈地問道：「阿姨，妳兒子又闖了什麼禍？」

「沒什麼。如果他有來找妳，打電話跟我說一下。」徐阿姨閃爍其詞，避重就輕地回答。

「我知道了。」我不忍心對徐阿姨表現不耐煩，努力壓下心中的不悅。

「那我走了。要是有看到我兒子，真的要告訴我。」再三強調，可想而知當事者肇事逃逸的事跡已經給她帶來不少的心理陰影。

徐阿姨拿手機晃了晃自己的line和臉書，各種能聯絡到她的通訊管道都在我面前展示一遍之後，她才安心收手離開。

用馬桶刷頂著鋁門，看著徐阿姨有些落寞的背影消失在電梯，每次兒子闖禍，總能看到徐阿姨在後面收拾殘局的身影，每一次看見徐阿姨，我都覺得她好像又老了一歲。

其實我知道徐在熙又闖了什麼禍，好像……徐在熙騎走了徐阿姨的機車，徐阿姨回家的時候，只看見一輛撞成破爛的機車，據說是可以直接送去回收報廢的廢鐵程度。

「悶死我了！」

剛把鋁門關上，一團毛毯球從身後的懶人椅上彈起，伴隨著響亮乾淨的聲音。

我轉過頭，上個禮拜新買的棕色毛毯一半垂落到了地面，毛毯上方探出了一張清爽燦爛的笑臉。

沒等我開口，對方眨了眨眼，往毛毯外挪了挪，上半身露了出來，領口外翻，露出了修長的鎖骨，大喇喇地對我豎起拇指，「妳的表現，我給妳一百分。」

我把手上的馬桶刷砸向他，開始頭疼了起來。

回想起徐阿姨登門拜訪的十分鐘前，我難得早晨出門上課前想清理一下浴室，掃到一半，聽到門鈴聲，以為是房東請來的水電來了，誰知道是個大麻煩包。

「喔我差點忘了，剛才阿姨交代我看到她那個敗家子，要打電話告訴她。」我從口袋裡拿出手機。

流暢地在手機螢幕上畫出了一個Z字，我瞄了眼椅子上的男人，黑色的短髮像是爆炸的鳥窩，白色T-Shirt比我家的抹布還要皺，就像是剛睡醒的樣子……但這裡是我家。

怎麼有人臉皮這麼厚，一闖禍就把別人家當避難所！

「我媽才沒這樣說我，那台機車本來就快壞掉了，我不過借用一下，要去路口買早餐，結果騎到半路煞車失靈撞到電線桿。」徐在熙懶洋洋地抬起手指，語氣不緊不慢：「不過我上個月就幫我媽買新機車了。」

我咬牙切齒，想著怎麼把他趕出去，對上我的視線，他一臉無辜，還不忘眨了眨他那水靈的大眼。

「你自己跟她說。」我懶得跟他吵，揚揚手上的手機，手機畫面已經開到聯絡人畫面。

「妳不會真的打給我媽的，筱薇。」徐在熙揚起眉，眼底滿滿都是自信，「我說的對嗎？」

驕縱柔長的嗓音勾住我的心神。

徐在熙有一副好聽的嗓音，加上彷彿能看穿人心的細膩心思，儘管有著天使外表，但骨子裡是惡魔。

「我會打，這一次我會打給你媽。」我假裝不為所動，努力壓住動搖的內心。

「別打，你從以前就不擅長和我媽相處。」掌中忽然空無一物，我抬起頭，徐在熙依舊桀驁不馴之姿，菱角分明的下巴輕輕擦過我平滑的額頭。

他很懂如何利用自己的個人魅力，懂如何靈活的利用自身優勢和他人的弱點操控他人。

見我略有動搖，徐在熙繼續加油添醋。

「筱薇，妳太心軟了，想想要是我媽趁機抓著妳不放怎麼辦？要是又像上次一樣，逼著妳跟她一起來和兒子的前女友吃飯怎麼辦？」

——很不巧，徐在熙就是我的弱點。

他是我的前男友。

徐阿姨在徐在熙帶我回家的第一天就很喜歡我，總嚷著我是她的第二個女兒，在我們分手那時，徐阿姨比我或是徐在熙任何一個人都還要傷心。

我抬起頭，徐在熙如漆一般瞳眸毫無保留地正對著我，宛如黑夜裡的星燦深深地撞進我的心靈黑暗深處，我的腦袋瞬間當機一秒。

「那我，我打給禹安姊，她肯定對自己的男朋友一早不見蹤影很感興趣。」我差點咬到自己的舌頭。

「還是別打，她不是妳能應付的類型。」徐在熙摸摸下巴，彷彿自身事外，語氣裡似乎還夾雜著一絲愉悅。

我想起邵禹安的臉，一個張牙舞爪的女性臉孔生動地在我腦中浮動，我曾不小心撞見他們小倆口吵架的畫面。

為什麼我會有徐在熙每一位女性朋友的電話，甚至連國小時期的前任女友都有，這個問題已經燒壞了我數千個腦細胞我還是不知道原因。

梁文音都說了，分手後不要做朋友。

我和徐在熙分手了，他為什麼還要來打擾我的生活，而且還是在我們分手後三個月。為什麼偏偏挑這個時間點？

「該不會你和禹安妳吵架了吧？」

這樣思考很合理：不知道什麼原因，徐在熙和他親愛的女朋友大吵一架，他一氣之下騎到家裡準備報廢的機車，結果不小心撞到電線桿，想到回家後要面對兩個他搞不定的女人，於是他索性叫拖吊車把機車送回家，然後找一個倒楣蛋的家避難，想來想去只有三個月都沒見面的前女友家最安全。

「我不管妳現在腦袋裡在上演什麼小劇場，都立刻給我刪除。」清冷危險的視線在我臉前一掃，我腦袋立刻唰地一下洗得白白淨淨。

「是，我刪乾淨了。」我忍不住坐正襟危，思來想去，我還是多嘴道：「我有說錯什麼嗎？你現在都有女朋友了，蹭到別的女人家裡成什麼樣子？還是你活得太混蛋，真的被踢出來？」

他毫無骨氣地露出兩個深深的酒窩：「求包養，要抱抱。」

我很可悲地陷入思考的死胡同，眼前這男人好像沒有任何天敵一樣。

「欸徐在熙，你該不會是什麼前女友寶？」

「那是什麼東西？」徐在熙被我的問題問得一愣。

他的目光富饒著興致，卻也犀利如刀，我語焉不詳：「就是像……媽寶之類的。」

「我媽養我育我，我順她是天經地義，但妳不是不要我了嗎？」徐在熙勾勾唇，弄清我的語義後，話鋒似不再鋒利，轉而一種慵懶，深長的音調。

聽見他的回答，換我一愣。

「什麼意思？」我忽然有些憤怒。

徐在熙就是這種恣意而為的男人，侵占了我的生活一角後，就自然如呼吸一樣成為了我的生活一環，彷彿是徐志摩筆下的那片西天雲彩，輕輕地他來了，又輕輕地走了，時間到了，他就出現。

三個月前，他突然澈底地消失在我的朋友圈，無論我怎麼聯絡都聯絡不上他，所有人都以為我們分手了，我也是這樣以為。

「這三個月突然消失是我的錯。」

忽遠而近的聲音將我拉回現實，聲音的主人已經離開我的視線範圍，只剩慢條斯理的餘音回盪在室內。

我雙手交叉在胸前，「這三個月你都去哪了？」

徐在熙蹲在冰箱，修長的手臂忙著往冰箱裏頭塞東西，腳邊放著一個白色購物袋，很快袋子就空了。

他沒有打算接續前面的對話，避重就輕地轉移話題：「過來的路上，我幫妳買了早餐，剛進來的時候我放在客廳桌上，還有幫妳準備了午餐和晚餐，記得加熱來吃。」

好奇地湊了上前，他在我面前關上冰箱門，站了起來，正面看著我。

他上輩子該不會是什麼大戶人家的姥姥或是家事不順的婆婆吧？

回想起早上他突然登門，進屋後神祕兮兮地穿梭在廚房和客廳，是因為還偷偷夾帶了補給品。

「原來你改行做外送。」我語帶戲謔。

他不知道是裝作沒聽到，還是懶得理我，繞過我，擅自跑到後方替自己倒了杯水。

徐在熙的好是任性妄為，無限度地肆無忌憚，他對所有人都好，連我姊姊求職受到委屈，當時遠在香港旅行的他，回台灣的第一時間就趕來聽姊姊吐苦水。

他就像是照亮世界的太陽，任萬物趨光，百花向陽，不偏頗任何一方，也不過分給人遐想的餘地，可是太陽也會有被烏雲遮蔽的時候。

廚房牆上有一個對外切開的方形窗口，我和他就站在窗口正下方，從窗口折射近來的斜陽，恰好被冰箱折彎了折線弧度，切開微暗光線的自然光線延伸在室內，卻在我的腳邊陡然模糊了邊界，就如同他的存在一樣。

徐在熙側面看向我，語重心長地指著我，「看看我不過不在妳身邊一段時間，妳把自己搞成怎樣了，黑眼圈，沒血氣，妳以前還比較像個人。」

深深呼吸，深深吐氣，我端起職業式微笑，「我要去上課了。」

隱藏在字面下，直截了當的意思：滾！

「我載妳去吧，等等我要去學校一趟。」

「今天不用上班嗎？去學校幹嘛？」

他猛力搖頭，帶著任性，「今天放假。就說載妳去學校，既然順路就順便去學校餐廳吃飯。」

「你去學校只是要去吃飯？」

徐在熙緩慢優雅地站了起來，一個彈響指，眉飛色舞地說：「就這麼說定了。」

我前一句話，半個字他都沒聽進去，「我搭公車去就好了，而且你不是把你媽的機車騎到壞掉了嗎？」

「我說了，我們一起去學校，趙先生會開車過來。」他邊說邊推，把我推至門邊。

「你怎麼會讓司機載你？以前不是嫌丟臉嗎？連喝酒也乾脆就外宿。」我挑眉，不可至否問。這該不會是什麼新型騙術？

徐在熙沒有回答，翩翩一笑，略帶慵懶的修長手臂環住我的肩，將我推出門。

十年修得同船渡，百年修得共枕眠，百年前我和他修得肯定是條破船。

ღ

「Nächste Woche haben wir eine Prüfung über die Zeitform des Verbes, also vergesst nicht, das wiederzuholen! Bis Nächste Woche! Ciao!（下週考動詞時態，別忘記複習，掰掰。）」

我抬起頭，講台上的外師向我們再次提醒考試範圍。

隨後，震耳欲聾的鐘聲響起。

「走了走了。」

屁股才剛離開椅子，一股蠻力像是巨浪從背後推擠而來。

啊，手機掉了！

我慌張地回頭想撿手機，不敵後方彷彿是難民湧現的人潮，踉蹌往前又被推了好幾公尺。

從好幾雙腳的縫隙間，我看見我的手機被踢到了教室後方。

我的手機啊！

「快走，快走！」

下課鐘聲剛結束，教室毫無預警掀起一陣狂暴的暴動，要說一陣兵荒馬亂也不為過，無論男女老少，不，只要是四肢發達，能稱得上正常人的人全一窩蜂地衝出教室，連中文都還不能流暢說完一整個句子的德國籍外師也不落人後地衝了出去。

「等等啊——」

當我再次回頭，早已看不見我那隻新買不到半個月的白殼Zenphone 5。

還沒來得及哀號，回過神，我人身在教室外。

走道上比教室更壯觀，只見人頭海，不見寸步可行的通道。

我眼尖地發現前方好友韓佳儀的身影，不由一喜，剛才她坐在我的後面，沒想到被擠到比我前面。

「佳儀，現在在擠什麼啊？」奮力擠上前，我拍了拍她的肩膀。

韓佳儀把手拱在耳邊，做了個聽不清楚的表情，我連做深呼吸，中氣十足的喊了第三遍她才聽到我的問題。

「天啊筱薇！妳不知道嗎？」她臉上寫著大寫四字不可思議。

嗯？不知道啊。知道我還會問嗎？

韓佳儀的語氣竟異常的激動，「是他啊！他來了！筱薇妳知道嗎？昨天晚上才在推特看到他在首爾的照片。現在他竟然來了！」

「我要閉眼嗎？」我偏不解風情，白目問道。

只提示一個他字，未免也太刁難人了。

韓佳儀沒聽懂我的話，依舊興奮地朝我招招手：「幹嘛閉眼。妳快過來這邊——」

她的話只傳進我耳裡只有半句，接下來鋪天蓋地的尖叫聲在我的耳中此起彼落炸成一片，有好幾個聲音同時喊出了一個名字。

「尹鉉禹！尹鉉禹！」

忽然人群快速流動，走道上無盡的人潮此刻均分成兩排，前方橫豎好幾雙手臂，像是巨大漁網阻攔去路，而我成為了漏網之魚。在被推擠到後方之前，我看見短暫暢通的走廊尾端模模糊糊出現一個黑點，慢慢移動向前。

走道的盡頭究竟是何方神聖？

剛剛聽見的名字有點耳熟，摸索著記憶的同時，後背生硬的撞上了一堵牆壁，得來不易的線索因為撞擊力道而再次沉落。目光搜索周圍，只見密密麻麻的人影，我慢慢退回教室內。

相較之下，教室冷清的可怕。看了一眼密密麻麻的教室外，我索性走回座位慢條斯理收拾背包，然後在垃圾桶旁邊找到我的手機。

不知道經多少人的毒腳荼毒，手機鏡面碎裂成蜘蛛網狀。

我忍著心疼，一面彎下腰撿手機。

黑色的鏡面隱隱映出一個破碎的朦朧人影，手指觸及碎裂的手機螢幕，驀然一個影子自上方籠罩，我微微一怔，一隻白晰的手臂出現，比我快一步拾起手機。

對方空出來的另一隻手臂抓住我的胳膊，將我從地板上拉了起來。

「同學，以後小心一點。」一道好聽的聲音落下，白色手機推到面前。

我應了聲謝，伸手拿回手機，視線自然而然朝聲源高抬。兩道目光在空中交錯的瞬間，我忍不住倒吸一口氣。

對方看見我也啊了一聲，時間彷彿按下暫停鍵。

全身的神經都在剎那間緊繃。心跳劇烈起伏，經歷過多少驚滔駭浪，都比不上這一刻的驚魂失色。

眸光微動，我嘴唇乾澀，深深呼吸。

「沒想到我們會以這種方式見面。」

漆黑的眸子一閃而過柔光，溫雅輕柔的嗓音竄入耳裡，繚繞整個心房。

我木訥地點了下頭。卡在喉間發不出的聲音在心中掀起一陣激昂。

是啊，沒想到我們會以這種方式見面。

好久不見……老師。

倏然，窗外傳來一陣幾乎要掀起屋頂的躁動。胸口悸動，封存已久的記憶封條在喧鬧聲中，化為無形，過往歲月宛如雪花傾瀉而出……

洗的亮白的襯衫領口沾著粉筆灰，趁著教官不注意偷偷摺到膝上的灰色百褶裙。回憶是清甜的，帶著一點牛奶糖的甜膩和黑咖啡的苦澀。

青春有時燦爛如火花，卻只有體驗過後，才會明白那絢麗稍縱即逝。

中學的時候，我的英文成績極差，每次考試成績都慘不忍睹。那是個由成績堆疊的年紀，英文不及格，簡直就是直接宣告放棄未來。

國三那年暑假，媽媽對著我的英文成績單嘆氣了半個月，她聽了朋友的介紹，找來了一位大學生來惡補我的英文。

最初的交集從一個炎炎夏日的傍晚開始。

我整裝完畢，帶上補習袋，正準備出門去補英文時，媽媽帶著一位陌生男子走了進來。

「筱薇，妳的英文補習班我退掉了，以後你就跟著這位哥哥學英文吧。」

他頂著有些凌亂的墨黑色短髮，看出是剛從機車上下來，短短的瀏海隱隱浮現安全帽壓痕，彎彎的眉毛像是柳葉，一雙黑色瞳眸淡靜如大海，對著單腳已經塞進布鞋的我禮貌性點了點頭。

「司海是我的一個熟客朋友的兒子，人家多益考到九百九，英文好的很，妳多和他學學。」她一面敷面膜，一面推著將成為我的第一任也是最後一任家教的男大學生和我進書房。

「媽——」不容我抗議，媽媽在我面前碰一聲關上門。

那是個自以為全世界都繞著自己轉的年紀，英文成績不好已然是我的心頭上的傷疤，那不過是只要下定決心就能解決的問題，在那個年紀，是攸關自尊，不能輕易說出口的傷痛。

再說，放暑假前，我才剛跟好朋友依敏說好，暑假要一起貢獻青春在佳佳美語中心，這種臨陣脫逃的行為，怎麼對得起我的朋友？

「我的英文真的很不好，連老師都說我英聽和會考沒救了。你還是別抱太多希望，到時候別怪我沒先說。」我陰陽怪氣地說，渾身帶刺，對著眼前的人散發強烈的抗拒。

聽見我的話，男大學生面不改色，似處變不驚，淡漠的瞳眸捲過千變萬化的雲煙卻不著痕跡，提著黑色電腦包，卻越過我直直走向靠近門邊的書櫃。

爸爸是愛書之人，書房四面牆壁，三面貼著直達天花板的直立書房。

「那很好呀。」他輕描淡寫的說道，字字間又隱含深意。

那樣很好？我帶著挑釁挑起眉。

「我喜歡看書，不如這樣吧？我在這裡看書，妳就寫習題，時間到了，妳就可以自由了。」修長帶著骨感的食指和中指相疊輕輕滑過眼前一排書脊，他停了下來，一頓，側臉看著我，眸光深長幽遠，「我有免費的書，有錢可以領。而妳不用辛苦上補習。我們各取所需，既無損失也無害處。」

「你在開玩笑嗎？」如此厚臉皮的話怎麼有人能臉不紅氣不喘的說出來。

他勾了勾唇，整個人轉向我，目光像是走偏的劍峰，嚴厲卻拿捏恰好分寸。

「我像在開玩笑嗎？」

我被他的問題問住了。

「我都還沒放棄，妳為什麼先放棄自己了？」他原先冰冷的目光軟化，聲音恢復了先前的溫和平淡。

心中放不下的倔強和傲氣，我拉不下臉先示弱，訕訕一笑，正當我盤算著要如何從眼前種種不利的情境逃脫。

他似乎已習慣這年齡的少女情結和自尊心，看著我，他忽而笑了出聲，率先朝我伸出手：「我還沒自我介紹，我是任司海。現在是台灣師範大學國文系二年級生。這個暑假還有接下來妳國三的假日，我負責教妳英文。」

我沒握住他的手，遲疑了一陣才開口：「我是何筱薇。以後請多指教……老師。」

他一偏頭，黑色瞳眸在橙黃色的燈光下顯得格外溫柔。

任司海是很好很好的一個人，不論是以老師，或是哥哥的身分。

在那片迷茫而懵懂的青春之中，他是點亮十里荒漠的那束陽光，帶來了春意盎然，但也帶來了秋霜嚴寒。

春去秋來，時光荏然，人人都說，時間會撫平記憶裡模糊不清的皺褶，時間會帶走年少無知而引發的誤解，但我們也許會在時光迴廊裡見證年少的荒唐和執著，比如國中時期，我和無數女孩偷偷仰慕的隔壁班班長，那年的我們不會知道，少時的小情小愛也不過是一場熱血青春劇，拖再久終會有完結下檔的那天。

就如同此刻的我也不知道，四散分裂的感情碎片也會有重組的一天。

ღ

午休時間，圖書館地下一樓的團體會議室。

沁涼的冷氣舒服地吹拂過裸露在外的手臂，從外頭帶進來的暑氣一瞬間消退不少，幾縷金黃的陽光透著小小的方型窗口如細針落入室內。

「所以妳是真的不知道尹鉉禹？」

韓佳儀抹了抹額頭上的汗珠，晚到的她坐到了我旁邊的空位。

我看著她，聳了聳肩。「不知道。」

我該知道嗎？

而且拜這個尹什麼的人，我的手機殼免費獲得龜裂鏡面一枚！手機變成這樣都不知道要找誰賠償，只能自認倒楣，實在有夠讓人不爽。

「尹鉉禹是前陣子在韓國出道的新人歌手，因為合約糾紛，換了一個東家後，現在轉回來台灣發展。」韓佳儀絲毫沒有愧對她那資深迷妹的身分，越說越興奮，她喝了一口水，喜悅之情溢於言表，「人家不但才華洋溢，還刻苦向學，一回台灣發展，就表示除了演藝事業，學業也不會放棄，會在台灣取得大學學歷。」

「喔懂了。不過這位大明星和我們學校有什麼關係嗎？」來開演唱會？

「佳儀，妳解釋成這樣人家當然聽不懂，我說過多少次，做我們這工作的，要懂得抓重點，從一連串資訊裡取精華。」另一個聲音傳來。

韓佳儀和我循聲轉向主席的位置。

身為學生會新聞部部長的徐在妤站了起來，走到白板旁邊，隨意抓起了一隻白板筆，一面往白板寫字，一面接著剛才的問題解釋下去。

「尹鉉禹這學期轉學進來我們學校戲劇系。」說話的幾秒間，徐在好已經寫完字了，她往後退開，露出身後寫在白板上的字。

在場的部員一陣譁然，多半夾雜著興奮。

「不會吧……」我低聲道，忽然有個不太好的預感。

「這一期的頭條就是尹鉉禹。」徐在好看穿我的心思，加重語氣，「除了專訪外，後續幾期，我們會繼續深入向全校報導尹同學的學習音樂之路。」

「我們開學前就討論好要當頭版的那個報導呢？」我提出異議。

連專訪都換成尹鉉禹，這樣要怎麼跟原本受訪的人交代？

本以為會有人附議，沒想到包括韓佳儀在內，室內嘎然無聲，冷颼颼彷彿有一陣不速之風吹過。

「妳覺得現在，同學在意的是國標社社長在國內比賽拿到個人賽第三名，還是人氣歌手轉學到惠文大學？」徐在好目光犀利，直言問道。

我被問住了，今天第八節下課後的騷動已經洩漏了答案。

良久，我才不甘心地說：「尹鉉禹。」

唉呀，所以我說這世態真殘酷，人真是善變的生物。明明昨天還是被人高高捧在手上的得獎新秀，今天已是明日黃花。

「國標社社長的新聞也會發佈，只是不會以頭條形式，然後她的專訪壓到下一期。」徐在妤把手放在辦公椅背上，辦公椅是做滾輪式的，椅子隨著她的動作在原地滑動，我看著頭暈。

趕忙別開視線，我不死心追問：「下週一就要發布了。這樣不會太趕嗎？」

校刊固定每月底發行一次，這週是開學第一週，正好是月中。

這點問題似乎對徐在妤造成一點威脅都沒有，她不以為意說道：「還有六天。在下星期一早上之前拿到專訪就沒問題。」

這這這說的比做的容易啊！人家不是明星嗎？

「可是……」

「這件事就這樣說定了，妳們也知道自從校內的文學社去年也開始發起社刊，他們的人氣度和訂閱率已經在上個學期比過我們。」徐在妤微微加大音量，「這件事讓會長很不滿，要是再這樣下去，校刊遲早會面臨危機。」

聽見文學社，所有部員齊聲發出抗議的哀號。

我們學校的校刊是採自願訂閱方式，確實有聽說從上個學期開始，訂閱人數節節退減。不過社刊和校刊怎麼能放一起競爭？

微小的困惑沒有逃過韓佳儀的火眼金睛，她瞇著眼逼問：「你不會連這個也不知道吧？」

搔搔頭，我傻笑，「我該知道嗎？」

「人家社刊內容多變豐富，最重要的是不定時還有和合作店家的優惠卷。她們有實體版也有電子版，實體版還是每月限量兩百本。」現場從背包裡掏出了一本B5大小的彩印雜誌，趁我翻閱的時候，她湊上我耳邊，刻意壓低音量，「這本還是靠關係要來的印刷瑕疵品。據說去年的銷售額就讓他們期末全社到蘭嶼免費玩了三天。」

這麼多！我翻到背面看了一下價錢標示，嚇了一跳，一本還真不便宜……

「部長，那這學期優良老師的新聞還要放在第二頁嗎？」坐在尾端的游靜敏舉手發問，聽起來絲毫沒有我的困擾，彷彿一切都是我庸人自擾。

「要。師長和校長給同學的開學勉勵照舊。」徐在妤大力點頭。

韓佳儀語帶著興奮，「妳看她，小靜學姊她這學期也加入文藝社了，不敵文藝社長的重賞利誘，還有幾個部員都很心動。」

重賞利誘？這四個字刻意加重音量，著實令人懷疑。

我睥睨了她一眼，這話中帶著不單純的嫌隙，似乎有腳踏兩陣營的念頭。後者對我吐吐舌頭，擺頭瀟灑不做任何辯解。

游靜敏和徐在妤都是大三生，上個學年她和徐在妤都是部內呼聲最高的下一任部長人選。撇開游靜敏本身就是新聞系，論資訊整合和文稿編排，她很有天分，像今天這樣新聞稿變動的大事，她依舊應對自如，處之泰然，說不定她那精明的腦袋已經在極短的時間內想好所有的應對和方案。

感受到我灼熱的羨慕視線，游靜敏抬頭瞥了我一眼，有些無措地靦腆一笑。

「不過，聽說尹鉉禹今天只是來學校露個臉，這陣子又是宣傳期，在學校也不一定會碰到，就算寫信去約，對方經紀公司也不會這麼快回覆。」坐在斜對角的小婷緩緩舉起手。

對對對，這就是我的另一個問題！而且專訪這種事，也不是我們擅自說了算，萬一人家經紀公司看不起我們小小新聞部怎麼辦？

「這別擔心，我自有對策。」徐在妤嫣然一笑。

真不虧是我們萬能部長。

感嘆心情才剛發酵，她緊接在後的發言澆熄我滿腔激昂：「這次專訪由我和何筱薇負責，其他人該做什麼就做什麼。還有問題的留下來發問，沒事的話可以離開了。」

「我？」欸等等啊，專訪不是我負責的啊！

一聲令下，少數幾位部員留下來發問，剩下的人帶著隨身物品魚貫離開會議室。我有很大的問題，於是也留在原地。

韓佳儀走之前，擠到我身邊，「專訪的時候，記得拍照，幫我要個簽名。」

「等等，專訪不是我負責的啊！」

「這說明我們偉大的部長很看好妳啊，妳該高興。記得，幫我拍照，要簽名！」

高興什麼？看好我什麼？等等啊！我面露驚慌。

韓佳儀對我做了一個加油的手勢，她還要打工，收拾完便離開會議室。

很快地，會議室裡只剩下我和徐在好兩人。

仔細想一想，身為資深追星族的韓佳儀竟然沒有強烈提出要一同參與或是幫忙，試圖可以沾一沾專訪偶像的光。她竟沒有這麼做，這點實在讓人覺得可疑。

這說明了什麼？

這說明了這是Impossible Mission！但徐在好不致於無腦到自己拿石頭砸自己的腳，她到底哪來的自信？

徐在好沒有立刻回應我的疑問，氣定神閒拿出手機，傳了封語音訊息：「婷雅，明天下午帶攝影器材過來找我。」

收起手機，不知道是刻意還是忘了，她略過我，拿起板擦，自個兒擦起白板上的字跡。

「學姊，妳別跳過我啊！我有問題！」我靠到她身邊。

「妳有什麼問題？」擦白板的手一頓，徐在好總算回眸，臉上交錯著無奈和好笑的情緒，「薇薇妳真該改改妳那事前放棄，事後推卸責任的個性。」

我奴奴嘴，「我哪有。」

「妳想說，其他比妳能幹的人或是比妳更喜歡尹鉉禹的人這次竟反常沒有主動要負責，所以讓妳覺得這次的任務根本只是紙上談兵，不可能完成。」將白板筆和板擦整齊地放到凹槽。

徐在好轉過身面向我，一雙又細又長的眉毛微微上挑。

「學姊，妳會讀心嗎？」我讚嘆問道。

「這對其他人來說，這任務確實有點刁難，畢竟尹鉉禹行蹤不定，就算來上學也肯定晚進早出教室。」她笑了幾聲，「不過，這是一個只有妳能完成的任務。」

唉？我錯愕地指著自己。

再怎麼說，我只是個加入學生會才不過一年的老菜鳥，一年級的時候，我文書處理完全不行，在新聞部根本是個有名無實的部員。好不容易現在進步了一點，我負責也只是歐洲專欄，只要動動滑鼠，翻翻報紙，撰寫一些國外的軼聞趣事。這種就現有素材加以改編重寫，和專訪性質完全不一樣。

她的神情輕鬆自然，「不過其實，對我也一樣，只是妳的勝算比我大。」

我露出狐疑的眼神。論我和徐在好的共同點，除了都是惠文大學的學生，還有同樣在學生會新聞部做事外，我還能想到的只剩下……那個人。

「妳不是認真的吧？」我吞了吞口水。

她的臉上逐漸猖狂的笑容已經證實了我心中的猜測。

徐在好有兩個哥哥，比較年長的大哥徐亦新是無國籍醫生，一年多數的時間都在北非和其他發展落後的國家，僅有過年過節的時候，偶爾返家一趟。徐亦新對徐在好這個妹妹疼愛有佳，哪怕身在異鄉，找到空檔就會和妹妹視訊。

相較之下，徐在妤的二哥徐在熙和她簡直是生下來就注定要做一輩子的競爭對手。他們從還是連ㄅㄆㄇㄈ都不會的嬰兒和小男孩年紀，就開始展開了遙遙無期的競爭之路。

據說，徐在妤剛出生的時候，細皮嫩肉，活脫脫就像外國影集裡出現的那種陶瓷娃娃，大人們對她是費盡心思，相爭捧在掌心上疼，連自從老伴過世後堅持獨睡的祖奶奶都指定一定要和她同一個房間睡覺。

那時剛滿兩歲已經會走路的徐在熙，察覺自己的一身寵愛全被一個剛出生的小貝比搶走後，隔天，他偷偷攀進了妹妹的嬰兒床，

那時候的徐在熙留著一個小辮子的中長髮，徐媽媽剛睡醒，朦朧中，乍看之下，還以為家門忘記關，跑進了一個陌生妹妹。

那陣子他忽然連路都不會走了，大人要抱妹妹，就先得要抱抱他，否則他就使出大哭活絕加上拒吃拒玩拒睡，差點沒搞得徐家人仰馬翻，最後徐媽媽也不管小北鼻聽不聽得懂，義正嚴詞和兩歲的徐在熙再三保證妹妹太小需要特別照顧，但絕對不會冷落他之後，徐在熙才恢復正常。

要說徐家兄妹暗中勾心鬥角的競爭事蹟，大概可以讓波斯皇后山魯佐德講一千零一夜都講不完。

不過說這麼多其實都和現在的狀況無關。

唯一有關聯的只有徐二哥的工作。徐在熙升上大四，申請了校外實習，從暑假開始他就

在一間小型雜誌社實習，一個禮拜僅少數幾天會在校內活動。

如果是請出商業性質的雜誌社確實會比我們小新聞部有勝算多……

「妳不是說就是走到窮途末路，打死妳也不向妳二哥求助。」租借的會議室時間有限，和徐在好走出圖書館的路上，我認真思考過後，語調慎重地提問。

「這不是求助，這是互利共生。」徐在好不置可否一笑。

聞言，我皺著眉，消化完她說的話，仍舊滿腹疑問：「我能理解尹鉉禹不單純會是我們學校發燒話題，要是訪問成功，這對在熙是百利無一害。但找妳爸幫忙，不是更好嗎？」

徐在好家本身就經營一間雜誌社，和徐在熙投遞履歷面試進入的小型社區型雜誌社不同，徐家的雜誌社是台灣現在最大的ST雜誌公司。

而徐在熙那個傲骨，不知道哪根筋不對，堅持不接受ST雜誌公司現成給他的實習爽缺，偏要到一間名不經傳的小雜誌社，待遇不好，加上是一間非主流的八卦雜誌社，把他老爸氣個半死。

「要是我找我爸幫忙，這有失風度。」徐在好對著我猛搖手指，「我們要公平競爭。」

聽完這些話，我一點也沒有比較安心。

徐在熙有再厲害家世背景，現在也只是一個小小雜誌社的實習生。

「怎麼？找他來，妳怕了？」徐在好挑眉，挑釁意味濃厚。

怕怕怕，怕死了。但我當然不能這麼沒骨氣，面露苦色搖頭否認。

「學姊，妳二哥他……」想起昨天白天的事，我試探性地發問。

徐在妤對我挑了挑眉。

「算了，學姊，我認真說，如果是這件事，我想在熙也沒辦法，妳就別管什麼面子，去拜託妳爸幫忙吧。」我誠懇地對她說道。

放著別人打拚一輩子都不一定有的資源不用，這是暴殄天物啊。

徐在妤語氣依舊樂觀輕鬆，「再說吧。我先跟我哥說，有消息再跟妳聯絡。」

走到通往醫學系大樓和後校門的交叉口，徐在妤揮揮手和我分道揚鑣。

2

回家之前，我跑了一趟蛋糕店。頭昏腦脹聽了熱心的店員七嘴八舌的推薦和遊說後，我終於做出決定。

「給我一個提拉米蘇和波士頓派，麻煩幫我分開包裝。」明顯聽見店員和我同時鬆了一口氣。

「謝謝光臨。」

心滿意足的提著紙袋，我踩著愉快的步伐回家。

大學考上北部的學校，正好姊姊在北部的幼稚園教書，我也就搬去和姊姊一塊兒住，平時搭公車和捷運上下課，有時候上課的時間和姊姊上班的時間對上，她就順路載我一程。

暑假期間，姊姊向幼稚園請長假，跑到了日本參加一個月的短程遊學，學程結束後，她又多待了一個多禮拜，今天旅程結束，早上搭機返台。

我本來想到桃園機場去接機，可惜班機時間卡到了一門不得不去的課，為了彌補遺憾，我特意買了蛋糕作為補償。

一塊蛋糕給姊姊，一塊蛋糕是給任司海。早先前聽聞他到國外進修，這陣子回台，沒想到日期竟撞在一塊。

下午意外在學校碰到任司海的時候，順便要了電話號碼，我打著如意算盤，明天找時間拿蛋糕去給他。

在心裡哼著歌，單手掏出鑰匙，將鑰匙插入鑰匙孔，轉動鑰匙，喀一聲解鎖，往後拉開大門——「我不是說，買回來的時候打電話給我，我下樓去幫你拿嗎？」

熟悉的聲音夾帶著細微的懊惱傳來。

「很重嗎……咦？」

一張白皙稜角分明的小臉露了出來，黑色欲滴的短髮往後收攏，幾綹髮絲落在透著細長的脖子上，姊姊收住聲音，臉上凝結著清晰可見錯愕。

我不由自主揚起一抹得意的笑，彷彿是抓到了偷吃糖的貓咪。

但那抹錯愕很快就消失，熟悉的溫柔笑容浮現。

我趁縫躦進屋內，姊姊把門關上，拉上防盜練，自然親暱地挽起我的手臂。

「回來了怎麼不先說一聲。」

「我想說妳剛回來在休息就沒打電話了。」我聳肩，把紙袋和背包扔到客廳沙發上，整個人也跟著陷進沙發裡，本想問她日本好玩嗎，開口的瞬間，我改變主意，「不過姊姊，妳剛聽起來是對另一個人說話，有人來我們家嗎？」

沒聽說今天有誰要來拜訪啊。

聽見我的問題，姊姊臉頰泛起陀紅。

「我……」剛想回答，茶几上的座機響了起來。

沙發的位置雖然離座機比較近，然而姊姊眼明手快，聽見鈴聲響起反應很大，比我還要快一步接起電話。

「等等妳就知道了。我先下去一下，幫我關門。」掛上電話，姊姊臉上的潮紅未退，抓起我剛一併跟書包扔下的鑰匙，神祕兮兮地跑了去。

反正姊姊待會還要上來，我僅把門關上，並未上鎖。

掃視屋內一圈，大件行李箱和登機箱攤開擺放在客廳一角，幾件T-Shirt和長褲散落在地板上，從行李箱旁邊看起來像是伴手禮的食品和玩物來看，姊姊才剛開始整理行李，看不出我不在的其間是否還有其他人活動。

今日眼前熟悉的佈景總有一股說不出的異樣感。

姊姊和我相差五歲，但年齡差距絲毫未影響我們的姊妹關係，而我所認識的何瑞祺，從未看過她有如此反常的反應。

該不會交男朋友了吧？

不會吧？從小到大，姊姊有什麼事都是第一個和我分享，如果是這樣的話，我會不知道嗎……搖搖頭，我將紙袋拆開，把裡面的蛋糕冰進冰箱。

啪一聲闔上冰箱。

貼在冰箱上的一張相片引起我的注意。彎腰凝神，仔細端詳眼前的拍立得照片，照片拍得不是很好，興許按下快門的時候受到晃動，照片的背景是在一艘遊艇上，主角是姊姊，她沒有看著鏡頭，視線朝著另一方，笑的很燦爛，一隻手舉在胸口，似乎在叫鏡頭外的某人也進來拍照。

「薇薇，我們回來了……咦，薇薇妳這個懶鬼！又沒鎖門了！」愉悅的嗓音從玄關的方向飄進廚房，隱隱聽見另一個偏低的聲音。

姊姊的聲音落下之後，接連著關門和東西碰撞的聲音，一陣食物的香氣繚繞在屋內。

我移開視線，趕緊跑向客廳。

抽抽鼻子，我問道：「今天吃外食嗎？姊——」問題隨著視線高抬中止，我呆若木雞，連跨出一半的腳都縮了回來。

……任司海怎麼會在這裡？

「家裡的瓦斯沒了，剛打去瓦斯行沒人接。阿海就提議買外賣，我覺得不錯。」姊姊一面脫下鞋子一面說道，她單手攬著一個大紙盒，香氣四溢。

任司海跟在姊姊身後進屋，看見我，黑眸閃過一絲詫異。

「啊忘了介紹。」姊姊笑眼逐開，將紙盒暫時推到客廳桌上，又走回那個人身邊，她泰然自若地勾起他的手，「他是任司海。阿海，他是我妹妹，何筱薇。」

任司海隻身站在客廳的那盞水晶燈下方，像是整場聚光燈全聚集在他身上，將他一身白衣閃滿碎鑽，也將他的身影塞滿我的視野，容不下其他。

「我知道。」我掐了自己一把，勉強露出了微笑，「我認識他。」

「妳知道？你們認識嗎？」姊姊左右看著我和任司海。

「認識。」蜻蜓點水般的清冷目光僅在我身上停留不到一秒，任司海轉向姊姊，溫潤輕柔的嗓音解除了她的困惑，「瑞祺，她是我以前的家教學生。時間有點久了，我不太記得了，要不是再見面，我還真的忘了。」

……他不記得了？

「我們下午不是才剛見過面嗎？」為什麼要在姊姊前面說謊？

「是嗎？我沒印象。下午我到學校處理公事，遇見了很多人，也許妳也是其中一個人，那時候太混亂了，沒和過去的事做聯想。」

開口欲再辯解，卻迎向一道不讚許的強勢目光，我霎時噤若寒蟬。

「阿海這學期到你們學校當老師，你們以後在學校還有機會碰面。」姊姊豁然開朗點了點頭，看著我臉又紅了起來，「其實呢，我們在交往。」

既出乎我的意料，也如同我的靈光乍現，姊姊長達二十五年的單身生活出現了一線生機，那個帶來曙光的男人是任司海。

他是四月初暖的太陽，將如大雪紛飛的年少融化。

然後，他是我的老師，也是初戀，就像青春忽然打了一個噴嚏，置身其中的我們心思條而敏感。放遠目光，追尋著讓自己著涼的罪魁禍首，而理由始終如一。

渾渾噩噩地坐到餐桌旁。

「……薇薇，阿海買了很多食物，如果不夠吃，廚房還有。」

「好，謝謝姊姊……謝謝老師。」不知道該將眼神游離至何方，我最後低下視線停留在手上的飯碗上。

我只聽說過命懸一線，但從沒想過，有時候人的希望單薄的如勾纏在那命線的蛛絲上，稍不注意就斷了線。

說實話，六年前的悸動早就淡了，盯著眼前的男人，連我都不太能分辨清楚聚結在胸口的感覺。像是還沒確定好要下手的昂貴限量洋裝，隔天發現已售出，更慘的是，沒多久好友就穿著洋裝出現。

「啊！對了，薇薇偷偷跟妳說個好消息。」姊姊沒有察覺我的異狀，突然拍了下手。

我抬起頭定定地看著她，微笑道：「什麼好消息？」

姊姊放下筷子，有些羞澀地笑了，「阿海和我打算今年底結婚。」

我握住飯碗的手一僵，「這樣不會太快了嗎？」

故作鎮定，我看向任司海，後者不知道是對我銳利的疑問充耳不聞還是餓到只能全神貫注在吃飯上。

姊姊的語氣依舊十分雀躍：「現在閃電結婚已經不稀奇了。」

「可是你們不是才交往一個多月嗎？姊姊妳真的了解他嗎？要不要至少再等個一兩年？」

任司海和姊姊在大學時是同校同學，兩個月多前，姊姊計畫到日本遊學的時候，透過熟人輾轉得知任司海在日本進修，任司海在姊姊的日本遊學行前和期間都給予了很大的幫助。當兩人在日本碰面的時候，雙方都對彼此很有好感，沒多久火速發展成情侶關係。

「姊，可是你們不是才剛認識不久嗎？」我皺起眉頭。

對，我不太能接受姊姊交往的對象就是任司海，畢竟他是我的初戀，可是現在就要談結婚真的沒問題嗎？

「我們都不覺得時間是問題。我和阿海都認定彼此就是要共度一生的伴侶。」姊姊溫和地笑著，「社會上不是有些情侶交往了長達十年，最後感情淡了，還是分手了嗎？那我們直接跳過那段，就別讓愛情浪費消磨在無意義的時間上。」

說完，姊姊看了任司海一眼，像是在取得同意。

「那以後也感情淡了，你們要離婚嗎？」

「筱薇。」任司海終於出聲，略低沉的嗓音夾帶著強烈的不贊同。

姊姊笑了笑，解圍說道：「媽和爸不也是透過相親，見面不到五次就結婚了。爸媽現在不也是還好好的嗎？」

我嘆了一口氣，「妳跟媽說過了嗎？」

「在電話上有和媽媽提過，但沒說全部。」姊姊語氣溫柔，目光不時飄向任司海，「這禮拜六幼稚園不用上課，我打算和阿海回家一趟，妳要不要一起回家。」

任司海的眼底深幽，似一潭深淵，又似一縷清流，他無所顧忌地回望我，放下碗筷，他抬起手臂從後方攬住姊姊的肩膀。

「妳姊姊希望妳當她的伴娘。」斂下目光，他轉向懷中的姊姊，飽含笑意，語氣是我從來沒聽過的親暱。

我從來沒有見過這樣的任司海，是時間曲解了我對他的認知，還是只是過去的他單純不肯對我卸下心防？

為什麼偏偏是姊姊，為什麼姊姊偏偏喜歡的人是他？

姊姊的雙頰泛起一層駝紅，她難為情地推了推任司海，他方才鬆手，端起飯碗，卻沒動筷子的意思，溫厚的目光似有意無意地停在姊姊身上。

注意到我的臉色不太對，姊姊憂心忡忡地看著我：「薇薇，妳還好嗎？臉色看起來不太對。」

「只是有點累了。」我放下碗筷，「對不起，我還有作業要做。你們慢慢吃。」

本來想著要在晚餐的時間，好好和姊姊聊一聊最近發生的趣事，順便聽聽姊姊說她在日本的旅遊心得，但我沒那個心情了。

「薇薇。」姊姊喚住我：「等一下進房間，別嚇到了。」

朝後方揮手表示收到，我低著頭快步離開飯桌。

我很難想像這時後，還會有什麼事能震撼我的心。毫無防備地拉開房門，一個龐大的黑影猛然朝我撲了下來。

「小心！」姊姊發出的警示晚了一步。

哇的一聲，黑影和我重重跌在地上。

摀著疼痛的屁股，我推開壓在身上的巨物，搖搖晃晃站了起來。原來剛掉出來的是一隻等身大小的巨大泰迪熊。

這麼大隻的娃娃是怎麼從這麼小的門框塞進來的？我轉過頭看向姊姊，討一個解釋。

「那是Surprise one。」姊姊笑嘻嘻地指著指泰迪熊，一面揮揮手示意我再往裡面走，一面用嘴型誇張地說了幾個字。

ㄕ……在……洗？

那什麼？什麼東西在洗？我瞇著眼，看了半天還是沒看出那是什麼意思。

摸不著頭緒，把擋在門口的泰迪熊挪開，我深深呼吸，往裡面跨了一步。房內一片漆黑，我摸索著按下開關，明媚的燈光打亮室內，這回已經做好萬全的準備，仍有一失，嬌豔欲滴的玫瑰花瓣沿著入口灑至潔白的床單上，白色床鋪中央躺著一束艷麗的乾燥玫瑰花束——

這畫面如果出現在高級飯店，旁邊在裝飾香檳酒和蠟燭愛心的話，是很浪漫的設計，然而同樣的畫面移置一間貼著充滿熱帶格調壁紙的二十歲少女房間，畫風不對啊。

在瑩白的燈光驅走黑暗的瞬間，略有一瞬的浪漫和觸動，但在全身上下每根神經疲累到顫慄的時刻，千絲萬縷的少女情懷煙灰散滅在一秒之間。

「我喜歡你的原因是你毫不媚俗。在媚俗的王國裏，你是個魔鬼。[1]」

我將吊在花束下的小卡片扯下，露出一抹苦笑。

那個幼稚鬼。會這麼做的也只有他。

過了一會，我將泰迪熊推到角落，拿著玫瑰花束走了出來，餐桌上已經被收拾乾淨，任司海拿著一塊抹布仔細地擦著玻璃桌面，姊姊在廚房洗碗，聽聞聲響，兩人有默契地停下動作。

「下午我在整理行李的時候，在熙帶著玫瑰花和泰迪熊跑來找我，他也是有心，我就答應幫他一起布置。」姊姊眉飛色舞地描述起當時的狀況。

未見我面色如灰，她接續問道：「在熙是好人，我之前也沒怎麼看過你們吵架。我實在不懂，你們怎麼就分開了？」

是啊，我們怎麼就分開了。

我喜歡過他，三個月前，從國中同學間得知任司海將在近期內回台灣後，也是那時候，徐在熙突然失蹤，我毅然傳了訊息決然和徐在熙提出分手。

---

1 出自米蘭．昆德拉《生命中不能承受之輕》

國三那年暑假，我遇見了溫柔的任司海，他以家教老師的身分闖入我的世界，最後卻以愛慕對象的身分留下。

在國三畢業那年，我鼓起勇氣和任司海告白。

那時，他對我這麼說：「筱薇，妳還太小，以後我們再說。」

六年前的我未能明白喜歡一個人，要抱多大的決心，以及喜歡上一個人，要對愛情負起多大的責任；六年後的我，終於明白，喜歡上了，就是一輩子刻在心上的烙印，任憑歲月來來去去，也無法抹滅當時的悸動。

徐在熙失蹤的時候，我想這也許是因為上天想再給我一個機會，一個能實現六年前無法實現的願望的機會，也因此，我專為他清空心防，只為賭一個荒唐的承諾。

我抱著玫瑰花走進廚房，拉開流理台下方的櫃子，將手上的花束丟進放在裡面的垃圾桶。沉甸甸的精美花束落在油膩的廚餘和衛生紙上發出一聲不輕也不重的悶響。

「姊，我和那個人已經沒有任何關係了。」我直視著姊姊，同時也望向她身後的任司海，「我和他已經結束了。」

他的面色沉靜，看不出任何一點情緒波瀾。

今天不管站在任司海身邊的人是誰，我都不願再等待，就算那個人是姊姊。

再說，愛情本來就不是誰的專屬。

3

隔天早上，我終於體驗到尹鉉禹帶來的震撼威力，遠遠不止昨天那宛如災難現場的走廊。

「劇場實務爆掉了！上限三十人，現在有四百五十人選修！」

「數位音樂也爆了！連太極拳都爆了！」

從第一節課開始，教室裡的哀嚎聲此起彼落，若菜市場的喊價現場，只是競爭的不是特價的生鮮，而是課程。

選課系統嚴重當機。我煩躁地敲了敲手機螢幕。

「我們學校的選課系統怎麼回事，上限二十五人，怎麼還會讓九百九十九人選。」我瞪著從十分鐘之前就沒動靜的手機。

這是在搶演唱會門票嗎？

「啊，一千人！……一千零一十，好猛！世界音樂聽說無聊到爆掉，還是全英授課，很難過，竟然這麼多人不怕死。」韓佳儀盯著平板螢幕上節節上升的人數，用實況轉播主般的聲音誇張地說道。

她的選課系統沒有受到影響。

我湊了上前，好奇地對應剛才聽到的課程，除了剛聽到的那幾門課，還有幾門通識課也出現不可思議的數字，去年太極拳還因為選修人太少關掉，去年教太極老師看到這人數都要哭了。

自從某個神通廣大的學生不知道從哪裡弄來了尹鉉禹的課表，那張課表裡出現的課程全都爆掉了。

我不相信尹鉉禹真的會來上課！

聽說昨天只是來繳個人資料和確認一些入學資料後就火速閃退，今天早晨網路新聞的娛樂版說尹鉉禹今日在南部有一場粉絲見面會。

這平凡的學生生活只是一個噱頭吧？

「我還差一門德文商業書信，妳呢？」我揉揉眉心，但願等系統恢復正常，我能順利選到課。

「妳用我的平板選吧！」韓佳儀忙不迭地按下系統右上角的登出，然後把平板推給我，「我的課都選好了。」

「謝謝。」我感激不盡地接過平板，一面輸入帳號密碼，一面頭也不抬問道：「除了專業選修，妳還選了什麼？」

沉默半晌，韓佳儀才緩聲說道：「劇場實務、數位音樂、世界音樂……太極拳。」

聞聲，我無語抬起頭看著她，後者露出一個燦爛的微笑。

「說認真的，要是其他同學知道我們這期的專訪對象是尹鉉禹，到時候一定會造成全校轟動。」韓佳儀等我選完課之後，把平板拿回去。

「看來似乎是這樣。」不得不承認。

選完課，韓佳儀打開臉書，點進了學生會的粉絲專頁，固定校刊發布前一周會先放上一段預告性貼文。

這次的預告標題下的很聳動：「神祕嘉賓如寒流襲來，敬請期待。」

底下的留言刷下了近年來的新高，好多人相繼猜出是尹鉉禹，專頁小編的回覆很高明，在不破梗的原則下給了一個幾乎是肯定的模稜答案，還不忘推廣同學訂閱校刊。

就在這時，討論室的門緩緩被打開。

聞聲，韓佳儀和我朝門口的方向看去。

「你來了。」看見出現在門後的人，韓佳儀率先打招呼。

宋凱傑依舊是一張冰塊臉，冷冷淡淡地點了下頭。

他最近把頭髮染成米白色，加上他愛穿淺色系的衣服。白衣配上灰藍色窄版長褲，再搭配上他渾然天成的孤傲，乍看之下，簡直成了名副其實的寒冰。

「啊，劇本，劇本我改好了，學長你看看！」看見他，我連忙從背包裡拿出一疊文件，從椅子上起身，就朝他快步走去。

沒注意到前方的桌腳，一個拐彎，手中裝訂整齊的文件夾脫離手臂的支撐，垂直摔到褐色木頭桌面。

「薇薇，妳小心一點！」

韓佳儀從座位上起身，走了過來扶我一把，順帶把散落的文件撿起。

「剛才學長把報名單送出去，我和負責演出的同學溝通完了，約這星期日早上十點，在後門對面的星巴克一起開會。」她幫我拉開一張椅子。

「這麼快！」我眼睛一亮。

「不快，我們已經算動作很慢了。剛才去送報名單的時候，負責老師說已經有十組報名完成。」宋凱傑潑了我一臉冷水。

八月的時候，在學校網頁上看到了一個全國性的微電影競賽，不只因為獎金誘人外，成為編劇是長久以來埋在心底的一個夢想。

全國賽之前還有一個校內競選，只有第一名的得獎作品能送出去參賽。

看見公告之後，我立刻傳給韓佳儀，她高中的時候參加過戲劇社，對這類活動肯定有興趣。果然她也一口答應，並在短短一個月之內，透過她的人脈關係，找好了相關人員幫忙。

我主要負責編劇，找演員和地點等這些公關工作都是韓佳儀，在她的人員名單上，看到宋凱傑的名字時，我十分意外。

宋凱傑是攝影社的社長。

一年級想學攝影，曾入社一個學期，第一學期的時候，我還沒買單眼相機，正好鄰座的宋凱傑有一台水準很高的相機，我厚著臉皮央求他，讓我分組練習的時候和他一組。

那時他還不是社長，但因為俊俏的外表，加上曾經在校外攝影比賽中得過獎，在社裡已經是行情很高的明星社員，雖然他最後同意上課的時候，和我同組，偶爾也會教我一些攝影技巧，但他私下的邀約太多，以致在我退社之前，十堂社課真正見上他一面的機會少得可憐。

但相處過後才知道，他雖然外表淡漠，骨子裡是很好的人。否則不會答應我和韓佳儀這個無償又吃力不討好的邀請。

「薇薇，妳昨晚說劇本要修改，現在改完了嗎？」韓佳儀問道。

本來我們的劇本在開學前就已經定案，但在昨天晚上，我臨時提出修改。

「好了。」我忙不迭將放在桌上的文件一人一份交到宋凱傑和韓佳儀手上。

氣氛頓時安靜下來，宋凱傑和韓佳儀認真地閱讀起手上的劇本。

「可以耶！」

仔細從頭看過一遍後，韓佳儀放下稿子，總結性說出一句話。

我轉頭望向宋凱傑，他的表情十分凝重，我膽怯地問：「不好嗎？」

這次競賽的主題是「初戀」。我結合了自身和身邊朋友的故事，寫了一個與初戀重逢的劇本，劇中我以浮士德裡的惡魔的角色來做初戀的詮釋，象徵圓滿順遂的生活軌跡，因為偶遇的初戀而打亂。

宋凱傑第一次看劇本的時候，很喜歡這個比喻。韓佳儀還開玩笑，既然他有一副不苟歡笑的冷峻外表，正好適合劇裡的惡魔這個角色。

「不是不好。」他平淡的語氣裡捲過一絲迷惑，「本來我們就不是要寫一個皆大歡喜的結尾……不過妳這樣改也是可以。」

他的目光有些困惑，我不會讀心，看不穿他的心思，隨著他歪頭深思的動作，我也跟著歪頭。

「可以啦！要是之後覺得不好再改，薇薇妳把電子檔傳給我，晚上我先傳給演員看。」韓佳儀打斷我們，她抽走宋凱傑手中的劇本，和原本手上那份放在一起，對齊整理好後收進資料夾裡面。

「好，就這樣吧。」宋凱傑點頭，不再有異議，「裡面有一些錯字，我剛圈起來了，改完之後，傳一份給我。」

「好。我等等改完傳到雲端上。」我比了個OK的手勢。

接下來的時間，韓佳儀和宋凱傑相繼和我匯報目前各自工作的進度，女主角和男主角她都已經找好了，我還沒見過，星期六就能揭曉真面目，而開拍時間等到演員們練習完之後就可以開始。

比賽是今年十二月，還有將近三個月的時間。

宋凱傑沉聲說道：「我有朋友現在在劇組當攝影實習，我這幾天會去請教他一些拍攝的事宜。」

「好，那就麻煩你了。」韓佳儀一面低頭往記事本上做紀錄，一面又轉向我發問：「筱薇，拍攝地點有一幕在畫廊，妳說妳要負責，地點妳找好了嗎？」

「找好了！」我點點頭，「你們時間確定好，就可以先去參觀。」

「好，今天先這樣。我接下來還有報告，先走了。」

單獨和韓佳儀討論了拍攝的事宜，不久後，我們也因各自的事情散開。

ε

「尹鉉禹。（韓語：윤현우 Yun Hyeon U，英文：Jason Iun）父親是韓國人，母親是台灣人。現為台灣男歌手，二〇一七年六月在韓國出道，身高一八五公分。因為合約糾紛，二〇一八年六月和台灣TMC娛樂簽約，現今轉往台灣發展。因出演韓國網路劇《芒果思念的季節》主要角色，劇中表現深受好評，而被台韓網友稱為『國民弟弟』……」

關掉維基百科，我把手機放回背包，活動了一下手腳筋骨，目光蜻蜓點水般擦過現場。閃爍的光線耀眼如近距離觀賞的太陽烈焰，低沉破碎的低音搖滾樂填滿整個空間，要不是掛在牆壁上方的復古金屬時鐘顯示現在是下午四點，現場氣氛格外迷醉，哪怕不沾半滴酒精的人此刻也會有日夜錯亂的錯覺。

我不自然地挪動手腳，這間打著結合時尚和古典風格的大聽簡直像一間巨型冰庫。時值溽暑，我精挑細選找了一件露肩V領洋裝，為求方便，連防曬用的小外套都嫌熱沒帶出門，現在總算嚐到了苦果，冷到手腳都麻痺。

慈善晚會開幕的時間是傍晚五點。

好好的周末，我卻得要把這美好的時間貢獻給社團，怎麼想，我都是吃虧的一方啊。

搓搓手，我在飯店大廳來回走動，思考著要不要出去重溫太陽光的熱情。

「Halo.」

略嫌慵懶，卻夾帶著一絲不可抗拒的傲氣的嗓音擾亂我的思緒。

目光追尋而上，摺疊在心底的身影，此刻毫無遮攔地現身在我眼前。

既沒有記憶的干涉，也沒有誇大不實的過份遐想，徐在熙如我所熟悉的那個樣子，乾淨無暇。

抓起肩上的皮包，想都沒想就往音源丟了過去。

他輕鬆自若地接住我仍去的皮包，「妳歡迎我的方式真熱烈。」

「你想太多了。」我上下打量他，納悶問道：「不過你怎麼穿這樣？」

前幾天見到邋遢凌亂的黑色短髮整齊服貼的往後梳攏，少了瀏海的遮蔽，英挺的五官更加立體，沉穩且高傲。

然而，鋒芒畢露的髮型底下，是一身突兀的假日輕便風格：深色條紋襯衫搭配休閒式西裝長褲，連領帶也不是正式款式，雖然外面還穿了一件輕型西裝外套……勉強還行，可是底下他穿了一雙黃色帆布鞋！

他的眼角洩漏了笑意，「我今天是以記者的身分，不是貴賓。」

我不假思索地反問：「你改行當狗仔了？」

剛轉了一圈四周，順便向櫃檯小姐打聽一下這慈善晚會的小道消息，對方說這是場不對外開放的慈善晚宴，嚴禁媒體出入。

「什麼狗仔，說得那麼難聽。」徐在熙伸出手指在我面前晃了兩下，「我是記者，然後妳是我的小跟班，實習生何同學。」

他從外套口袋拿出了一個工作證，我連忙接過一看。

「這是真的嗎？」

Falsch Magazine，乍看之下，很樸實的雜誌社，充其量只是間小而無名的三流公司。見我不信，他慵懶的抽了張名片給我。瞪著手上的名片，我仍舊不可置信。

這麼盛大的慈善會竟然會同意，讓這間名不經傳雜誌社的記者進行採訪，這合理嗎？

「當然是真的，而且今天不是只有我們家取得採訪權，ST也有派記者來。」

看來櫃檯小姐的資訊沒有upload及時。

「你們父子該不會起內鬨吧？」一個連我都沒聽過的小雜誌社能獲得和ST一樣殊榮，這一聽案情就不單純。

「你想多了。」

把記者證掛在外頭，沒一會，旁邊走過來了一個女侍者前來接應。

「請問是今日預約的Falsch Magazine的人嗎？」低頭校對手上的預約名單，外交性專業笑容，夾雜著一絲羞澀。

徐在熙微微抬起臉，從下巴到頸部，形成一條優美的曲線，他輕鬆自若地笑了起來，「對。」

「記者等候室在後方。」年輕女侍者親切地抬起手替我們指引方向。

「謝謝。」推了推罪魁禍首，我心浮氣躁的催著他離開。再讓她和徐在熙多對視一秒，我都要擔心下一秒她忘記呼吸到休克了。

「走吧！何記者。」低聲說道，徐在熙圈住我的肩膀的手，用力一勾，我腳步踉蹌，毫無反抗力，就隨著他離開了大廳。

一個流暢的轉身，徐在熙紳士般溫文儒雅的氣質立刻切換我熟悉的那副痞痞的模樣，他如釋重負地大大鬆了口氣，驚覺我的視線，調皮一笑。

「走路看路。」他的眼裡盡是笑意。

去……你的！

等候室是一間氛圍舒適的小房間。三坪大的室內，擺放一張圓桌和幾把會客椅，三面牆中間那面牆底下單獨放了一張長沙發。

「不過，我們要等到什麼時候？」我隨便選了一張椅子坐下。

徐在熙解開襯衫前兩排鈕扣，他一向討厭拘束，解開扣子還不夠，趁人不注意又鬆開領帶。孩子氣和成熟明明是兩個差異大的形容詞，同時加在他身上卻毫無違和感。

「等人通知，這就是我叫妳提早到的理由。」徐在熙完美無瑕的眉眼盡是輕浮。

「原來是這樣。」我悻悻然，「那慈善晚會又是怎麼回事？你早說有單獨約人出來就好了呀。」

「喔。我想我妹傳達有錯誤。」他搔搔頭，難得靦腆一笑，「單獨專訪是我爭取來的，慈善晚會是妳要和我去的。」

「我去能幹嘛？不去不去！」

不理會我的裝瘋賣傻，他唇角微勾，語調上揚了幾分，「等會我一個在雜誌社的朋友會過來錄影，我妹說妳沒經驗，訪問的部分我來做，妳就當作是來見一回明星，聽聽故事。」

隨即他翻出一本小記事本，熟捻專業，氣氛一下子變了調，都說逢場作戲，這場戲由不得我做主。

「好啊。」

深思其中的利害關係，沒理由不答應，於我是樂得坐享其成，何樂不為。

徐在熙看著我，沒由來地說道：「薇薇，妳也該成熟一點了。」

他曲起手指，敲敲我的額頭。

「嗯？」這突然地說什麼成熟？

沒有回答我的疑惑，他低頭看了一眼閃爍著提醒燈號的手機，他修長的食指和拇指搓揉著下巴，忽而靠了上來，俊俏的臉龐占據我的視線，我心跳陡然加快。

停頓了一下，他才接著說下去，「等我一下，我去把人帶來。」

溫熱的吐息攙和著些微酒氣，他的黑眸染著一層霧氣，起步有些不穩，重新站好後，他拉了拉直立的衣領，推門離開。

他喝酒了？

過去他一貫堅持著女孩子不該和男人一樣拿酒當開水，慶功聚餐他成了所有女孩的黑騎士，過去交往的期間，我甚至一連保持了一年滴酒未沾的紀錄。

可是今天這麼重要的場合，他為什麼要喝酒？難道尹鉉禹是厲害到必須要喝酒壯膽才能面對的大人物？

約過十分鐘，徐在熙回來，在他身後跟著三個人，走在第二順位，留著一頭中長髮，唇邊蓄著小鬍子的年輕男子，我曾在徐在熙分享到臉書上的照片看過他，徐在熙好像稱呼他是小熊學長，大概就是他口中的熟人。

最尾端的那個人，就是今日的主角，尹鉉禹。

第一次這麼近距離看到明星，雖然不是我喜歡的偶像，但我還是忍不住砰然心跳。對於我的反應，徐在熙低低笑了出聲，仍舊風度翩翩地維持著完美弧度，儘管他看起來笑到快岔氣，不服氣地想捏他，可惜被他閃過。

尹鉉禹今天打扮隨興親民，穿著印著彩色塗鴉圖案的黑色T恤和窄版牛仔褲，搭配一頂黑色鴨舌帽，他的身材高挑，渾身散發著耀眼自信的光芒，看起來比網路照片還要年輕一點。

「你們好，我是尹鉉禹。」拉下臉上的口罩，他露出底下俊朗有型的臉蛋。

輪流自我介紹一遍後，大夥各自找了位置坐下。

首次參與這樣的訪談，我覺得很新鮮，偶爾拍幾張照做紀錄，大部分的時間就當個認真的聽眾。全程都由徐在熙和他的朋友主導，時間和問題火候拿捏得很好，短短半小時，雙方都處在非常愉快的狀態。

最後進入尾聲的時候，自稱是尹鉉禹經紀人的Vincent很認真的遞名片給徐在熙，說他有往演藝圈發展的潛力，不過被徐在熙一口回絕，連名片都沒有接。

最後把專訪做了一個總結後，我們握手答謝，各自散開。走到外面，腳底抹油正想溜開，徐在熙眼尖識破我的伎倆，在我得逞之前，不由分說的拽著我走向會場的方向。

他僅是把記者證反過來，倒放進胸口的口袋，連衣服也不打算更換，就大搖大擺地前往慈善晚會。

經過入口的時候，我心臟都快要跳出來，但他非但沒有拿出邀請卡或是停下來作登記的

意思，就這麼旁若無人地走了進去。

顯然他那張臉就是識別證。入口處的接待人員絲毫沒有阻攔，反而還客氣地對他點了點頭。我就膽戰心驚地跟著他隨處亂逛。

頭一次出席這樣的晚會，我彷彿成了劉姥姥進大觀園，隨著他見了不少名人，現場還真有不少人停下來和徐在熙打招呼。

走走停停，見過也招呼過熟人後，徐在熙的話也越來越少，最後他站到了角落，示意我自己隨處認識人，打算自己一個人靜靜地看著宴會進行。

正想開口關心他的狀況。

「在熙。」渾厚圓潤的嗓音劃開短暫的靜默。

徐在熙和我同時轉過身。

一名成熟男子端著香檳杯停在我們面前。

對方看上去有些歲數，冷峻英挺的外貌竟有幾分熟悉的輪廓若隱若現，相較徐在熙一身雅痞打扮，他高冷氣場強烈得讓人不由身段矮了幾分。

挽住我的那隻手臂，肌肉線條分明，有些僵硬。徐在熙看見他的時候，輕佻的神情收斂幾分，「爸。」

徐在熙和父親兩人互相叫了對方一聲後，就陷入僵持性沉默，兩個人就這樣含情脈脈對望，氣氛幾度有隔空劍拔怒張的緊張。

我屏氣斂息，想著要如何打圓場，卻被徐在熙用眼神告誡別擅自發言。

「在熙，你要任性也該適可而止。」良久後，他爸爸率先出聲，聲音意外地不冷漠。

「我自有分寸。」孤傲的神情無所畏懼迎向生冷的目光。

氣氛有幾分跋扈的囂張挑釁意味。

這時，一道輕盈的女聲傳來：「徐總，原來你在這裡！我和陳副理找您好久。」

一位身著典雅套裝的女子踏著優美的步伐走了過來。

「亦新他要回來了，你好自為之。」留下這句話後，徐總和女子旋即離開。

看他們父子打啞謎簡直太不痛快了。

等徐總和那名女子走遠之後，我戳了戳徐在熙，「你們吵架啊？」

這都旁若無人的境界，以前徐爸爸看到我，還會很熱情的和我套近乎，拉著我噓寒問暖。

「你別管。」繃緊的聲線裡有容不得反抗的獨斷，「今天有很多在影視領域有所成就的前輩親臨，有不少是和我很好的長輩，我主要是帶妳認識一下他們。」

怪不得從進來之後，他看似亂無頭緒的逢人示好，實際上，對象都是導演或是某些知名編劇。

「為什麼要突然這樣幫我？」

「這不是妳的夢想嗎？」他笑了笑，遽然眉頭輕蹙，「筱薇，妳在這裡等我一下，我出去打個電話。」

語落，他鬆開手，撇下我一人快步走出會場。

在場的知名人士對我就像是兩個不同世界的人，現場氣氛很融洽溫馨，我卻格格不入，有些不自在的四處亂逛，我眼尖地發現尹鉉禹和他的經紀人從側門離開，我猛不防想起一事，連忙追了上去。

深怕會錯過，我卯足全力，氣喘吁吁地邊跑邊喊道：「請留步。」

聞聲，尹鉉禹和Vincent停了下來。

「何同學還有什麼問題嗎？」Vincent率先問道。

我瞄了他身旁的尹鉉禹，緊張地說：「我朋友想跟尹同學要簽名。」

尹鉉禹已經把口罩拉上了，聽見我的要求，他細長好看的桃花眼瞇著月彎型，不著痕跡的笑著，跟Vincent要了幾張簽名板，他豪爽地幫我簽了兩張。

「謝謝。」驚喜萬分地接下，「啊等我一下。」

手忙腳亂地從皮包裡拿出一束乾燥花，我怡然將花束遞給了尹鉉禹。

「謝謝你答應接受我們的專訪，這對我意義重大。」

身為藝人，自然收過不少來自粉絲的禮物，他明白我的意思，連聲道謝後接過花，隨即和經紀人一同離去。

目送著兩人的背影遠去。

背後猛地響起一聲低沉的呼喚，我被嚇了一跳，轉過身，徐在熙不知道何時跟了過來，他的眉頭緊鎖，唇角失了笑意。

我心跳陡然加速，呼吸一滯。

他看到了——

那花束不是我買的，正是星期一他送我的那把乾燥花，星期二早上起床時，發現姊姊把花束從垃圾桶撿出來，甚至重新打理過，貼心噴上香水來掩蓋上面的食物味道。

本來想拿到學校的垃圾場丟掉，不過事情一忙就忘了，昨天整理房間的時候，想起今日的訪談，覺得與其丟掉，不如讓它更有意義的從我手上功成身退。

然而，對上徐在熙淡薄的雙眸，我氣勢頹然。

3

週日早晨。

早早起床梳妝整理，用離子夾將亂翹的長髮夾直，挑了淺色系的髮帶，紮上了一個高髮尾；換上平易近人的條紋短袖上衣和背心裙。拎起放在床頭的帆布袋，我神清氣爽地出門。

「筱薇，這裡這裡！」

才剛推開星巴克的玻璃門，坐在入口處附近的韓佳儀對著我揮動手臂，白皙的臉蛋透著一股單純的喜悅。

我快步走了過去。

她佔了一個六人座位，在她對面的座位上放著一個眼熟的黑色電腦包，卻不見人影，四處張望，我在櫃檯前捕捉到宋凱傑的身影。

今天他難得沒穿白衣，而是穿著藍色格紋襯衫搭配帶休閒感的亞麻色長褲，這樣的打扮襯著他一頭白髮，頗有像是從漫畫裡走出來的角色，在假日的咖啡廳裡格外引人矚目。

過一會，相約出來見面的男同學和女同學如期赴約。

「我來介紹一下，這位是心理系二年級的方靜妍。」等所有人相繼入座後，韓佳儀熱情地當起介紹人，比了比坐在我對面的女孩子。

方靜妍長相並不突出，站到人群中央，十個有八個路人都比她漂亮，但她卻一股脫俗的靈氣，未經染燙的長髮墨黑欲滴，瀑布般從兩肩傾瀉而下，高挺的鼻梁下，深褐色瞳眸透著一抹不食人間煙火的柔美輕和。

「妳們好。」方靜妍的聲音極好聽，像是微風拂動草葉的絮語聲，溫和輕暖撲打上每個人的耳畔。

沒等韓佳儀介紹，坐在方靜妍旁邊的男同學先行出聲：「我是陳思昱，我是傳藝系三年級生，小妍是我的女朋友。」

他的嗓音低啞，與方靜妍的聲調形成強烈對比，說完話，他伸出一隻手攬住方靜妍的肩，目光裡帶著佔有慾。

我和宋凱傑同時看向韓佳儀。

韓佳儀對著我們隨性地聳肩，又繼續向這對情侶介紹我們。

互相認識之後，韓佳儀拿出劇本，向他們介紹劇情走向和角色定位。她是天生的口才好手，解說和對應都十分流暢，偶爾，宋凱傑會加入說明拍攝流程和注意事項。

我坐在自己的座位上，喝著咖啡，翻翻韓佳儀事先準備好的演員個人資料。

先不說陳思昱是表演相關科系出身的，他曾在劇團工作過，也接過活動主持人，活動經驗豐富。

女主角的擔當，方靜妍，她更是匹大黑馬，別看她唸得是非相關科系，她已經接過不少網路廣告的邀請演出。

果然韓佳儀有看人的眼光，演員費用是從我們三個人的錢包裡重金拿出來，不枉費我將半個月的零用錢貢獻出來。

醇厚的咖啡香繚繞，輕快的美式音樂在空氣間彈跳，從思緒中抽離，我放下手上的文件，抬起眼眸。

「怎麼了？」

宋凱傑正全神注視著我，對上我狐疑的視線，他輕笑道：「妳讓女主角在結局扳回一局，也就是向惡魔妥協。這很有意思，我很期待到時候拍出來的成果如何。」

我點了點頭：「這樣才符合原作的結局。」

偶爾，我也會對小情小愛的美滿故事厭倦，現實人生可是充滿了歷練。

「妳知道嗎？浮士德最後輸給了惡魔，那不是真正的結局。」見我詫異，他笑得高深莫測，「其實是惡魔輸了。」

ღ

叮咚。

一股熱風透過向兩側開啟的玻璃門捲入便利商店內，伴隨著銀鈴般的談笑聲還有店員充

滿朝氣的歡迎聲。

坐在靠近門口的位置，放下手上的三明治，我漫不精心的抬起頭。燦爛柔暖的笑臉在眼前逐步逼近綻放。

「早安。」韓佳儀一走進來就直接走向我身邊的空位。把事先放在椅子上佔位的背包拿起來，她跳坐上高腳椅。

「我幫妳買好了。」我把麵包和奶茶推到她面前。這是她每次睡過頭，必指定的早餐組合。

「謝啦！晚點再給妳錢。」韓佳儀笑盈盈打開奶茶，喝了一口奶茶後，她緩緩說道：「校刊的事妳辛苦了。」

「你們也辛苦了。」

校刊固定早上十一點發布，在專頁放出預告之後，現在幾乎可以說是全校師生都引頸期盼。

配合明星話題，校刊有些專欄都做了很大的調整和重新編排。昨夜新聞部全體部員連夜聚在線上，分工合作，合力完美收尾第一學期的第一期校刊。

等著她吃早餐的空檔，我重新低頭看著手機螢幕。

「後天下午五點，微風咖啡外見。」

擦上粉藍色的指甲敲了敲手機螢幕，連文字都能感受到分毫的傲慢，訊息最後還不忘補

上一張自拍。

深怕我會忘記要約會的對象似的，那張臉我早就看膩了，刻骨銘記在腦中。

我還沒當成功姊姊和任司海之間的第三者，現在要先當徐在熙和邵禹安兩人情路上的絆腳石嗎？

但轉送花束這事我理虧，為求徐在熙氣消，我再一次答應了他的無理要求，至少拖徐在熙的福，我豪不費力地解決了尹鉉禹這塊燙手山芋……他提出的要求再無理，我都沒藉口推託。

「妳要和在熙出去嗎？」細細咀嚼麵包吞下後，韓佳儀瞧見我的手機，明亮的雙眼睜大。

「嗯。」我不打算繼續這個話題，反手闔起手機，輕聲說道：「佳儀，我等等要拿隨身碟給在好學姊，妳先去教室幫我佔位。」

「我有跟她借幾本雜誌，說好等一下還她，我幫妳拿給她吧。」韓佳儀朝我伸出手。

我握緊隨身碟，搖晃腦袋，「這樣，我們一起去找她。」

「難道妳想要待會上企概的時候，坐在第一排享受老頭的口水洗禮，妳還是早點去搶位置吧。」她被我的反應逗樂，柔聲中帶了點俏皮，「剛好我有些問題要問她。」

「好吧！那妳一定要拿給學姊喔！」

「不過，在好學姊的隨身碟怎麼會放在妳這裡？」

「她借我的，那是新聞部的公物，學姊讓我把專訪的影片還有編輯檔案都存進去。」

思衡了其中的弊害關係，雖然記錄了全程尹鉉禹和新聞部重要文件的隨身碟很重要，但只要能平安送回徐在妤手上就沒問題。

再三強調之後，我才將黑色隨身碟交給韓佳儀。

「Keine Sorgen.（不用擔心）」為讓我放心，她先用一層夾裝起隨身碟，再小心萬分的收進皮夾。

第三節下課鐘聲一響起。

老師一宣布下課，教室裡的同學默契十足地拿出手機，韓佳儀挪動椅子擠了過來。見她已經打開手機，我也就沒必要拿自己的手機，慢條斯理地將課本和筆記本收起來，我才探頭去關心今日的大新聞。

今日的學校網速難得不卡，流暢地點開信箱，韓佳儀深深吸口氣，打開新出爐的電子校刊。

我和她同時倒抽一口氣。

舞技超群的國標舞社社長抱得冠軍，為校爭光……

怎麼會是開學前完成的那版校刊——

「怎麼回事啊？」

「我還以為新聞部真的有那麼神通廣大能採訪到尹鉉禹，看來也就只有這樣。」身邊傳來強烈的失望聲音。

「欸你們快看文藝社的社刊。」

「還沒訂閱的！快訂閱！」

相互對看一眼，韓佳儀也有訂閱文藝社的電子社刊，她連忙跳出頁面，重新整理一次信箱，果不其然也收到了文藝社的電子報。

打開文藝社電子報，韓佳儀的面色一剎那變成灰色。

「直擊尹鉉禹的演藝歷程……」我簡直不敢相信自己的眼睛。

好不容易捱到了下一堂課結束。

我心亂如麻，彷彿有把無名火引爆了潛藏在深處最不安分的焦躁。

「薇薇，妳別慌！說不定只是哪裡出錯了。」韓佳儀一手將我從座位上拉起，「在好學姊在隔壁棟上課，我們去問問看。」

短短幾分鐘，韓佳儀抓著我一路跑到了隔壁的實驗大樓一樓，遠遠就看到徐在好站在大樓外的廣場，她的身旁圍繞著好幾名新聞部的部員，隔著一段距離，都能聽見他們吵著要徐在好給一個解釋的聲音。

「韓佳儀和何筱薇也來了！」離樓梯口最近的女部員看見我們連聲說道。

聞聲，徐在好抬起頭，姣好的臉蛋上多了一絲焦慮。

「學姊，這是怎麼一回事？」韓佳儀顧不得還在喘氣，搶快發問。

揮開人群，徐在妤抓起了放在附近一個水桶，直直朝我走來。

嘩！

覆蓋住藍天的透明塑膠膜，在光線折射下閃爍一剎光燦，光芒止息的同時，塑膠膜重重撲打在我的臉上，透明封膜在接觸到我的肌膚瞬間瓦解，綻裂成無數激昂的水花。

像是突如其來的大雨，卻來勢洶湧。

「何筱薇，這個問題由妳來回答，這究竟是怎麼一回事？」徐在妤氣勢逼人站在我面前，重重將水桶丟到地上。

對於她的話，我沒有辦法做出任何回應。

「什麼啊？」

「這又是怎麼一回事？」眾人一片譁然，議論紛紛。

韓佳儀推了徐在妤一把，「學姊，妳太過分了。」

「何筱薇，我在問妳話！專訪的資料只有妳和我兩個人看過，怎麼會流到文藝社那裡？」徐在妤對四周的抗議聲充耳不聞。

濕透的短髮沿著弧度黏貼在我的下巴和脖子上，幾咎過長的劉海垂在我的眼前，冰涼的水珠像是雨滴一樣滴下。

韓佳儀連忙用外套袖子試圖擦擦我身上的水漬。

我輕輕撥開黏在臉上的頭髮，好讓眼前的景物能清晰一點，眼前的徐在妤整張臉扭曲，眼睛像野貓一樣發亮，閃著無法遏制的怒火。

「妳問我，我怎麼會知道？」我愕然。

「那妳解釋看看啊？」徐在妤厲聲問道，同時把手機舉到我眼前。

手機畫面停留在文藝社的社刊最後一頁，我順著她特意放大的區塊看去。

「上面都寫了妳的名字。」見我久久不發言，她更生氣，彎曲的食指用力敲著螢幕上的字。

記錄在社刊上的採訪人員名單上，清清楚楚的寫著何筱薇三個字。

我轉向韓佳儀問：「我們學校還有其他人叫何筱薇嗎？」

連她也愣住了，「就我所知沒有。」

「何筱薇，妳怎麼可以這樣輕易把資訊拱手讓給文藝社？妳收了人家什麼好處？」徐在妤抓住我的肩膀猛力搖晃。

「我，我沒有……」

好像忽然置身在暴風中心，嘈嘈竊竊，眾人一搭一唱，不利於我的話語化為無形冷風，四面八方洶湧而來。

我環視一圈，原先針對徐在妤而來的部員和同學紛紛掏出手機，確認這項事實，投射而來的目光全變了調。

「佳儀，我沒有。」不知道是和我一樣嚇傻了，還是被證據說服，從剛才還護著我的韓佳儀一言不發，表情也變了。

「先不管尹鉉禹的專訪怎麼會跑到文藝社那邊。」揚揚手上的隨身碟，徐在好咄咄逼人：「新聞部每期的報刊都存在這支隨身碟，發布校刊的帳號每個人都知道，這隻隨身碟就從上周五就放在妳那裡，能對換這期校刊的人只有妳。」

「我沒有把隨身碟給任何人……」

星期六拿到影片之後，專訪和剪片都是我一個人在家做完的，要說假手他人，也只有早上把隨身碟交給了韓佳儀。

「這是真的嗎？筱薇。」韓佳儀終於說話。

我心涼了半截，「連妳也不相信我？」

此刻戶外室溫接近三十四度，鋪天蓋地而來的冷涼視線，讓我忍不住渾身顫抖。

越過人群，我看見站在遙遠一端的任司海。

他雙手插在黑色西裝褲口袋裡，面無表情，乾淨亮白的白襯衫和蓬鬆整齊的黑色短髮，因為距離感，他渾身散發著一股肅然威望，但他就是看著，宛如一尊石雕像，一動也不動。

「都什麼時代了，還用這種方法逼人未免太落伍了，你們以為自己在問訊嗎？」

一道清冷低啞的嗓音輕輕推開籠罩在現場的烏雲。

聞聲，眾人循跡回頭。

熟悉的米白色短髮和一身飄然仙子風格的白色衣褲，神情自若，冷艷的唇角勾起危險的弧度，宋凱傑伸手往我的頭髮一蓋，一條米色毛巾從頭垂降下來。

「自己擦乾。」他掠過我，走到徐在妤旁邊，他低下頭靠在徐在妤耳邊悄聲說了幾句話。

下一秒，徐在妤臉色大變，轉身就快步離開現場。

目光追尋著徐在妤漸遠的背影，收回視線，宋凱傑揮手喝道：「好了，現在是午餐時間，全聚集在這裡是在等開飯嗎？散開，散開。」

「學長，你怎麼會過來？」沒有隨著其他圍觀同學離去，韓佳儀明眸微瞠。

「剛好路過。」宋凱傑難得冷酷中帶著一點柔和，「佳儀，我有話要和筱薇說，妳迴避一下。」

韓佳儀看了看我，又看了一眼宋凱傑，臉上還有許多疑問，僵持了一會，她丟下一句晚點給她一個解釋後，心不甘情不願的離開。

等人群散開，宋凱傑將注意力重新轉移到我身上，我輕聲說：「謝謝你出來解圍。」深鎖的眉頭稍稍舒緩，他語氣侷促，「其實我也不太清楚妳發生什麼事，只是受人之託過來。」

順著他抬高的下巴所指的方向，斜角的大理石柱陰影底下慢慢走出一個人影。

「男同學，謝謝你。」匿跡在陰影下方的男子低低說道。

「我來上課的時候，突然被人拉住，還以為又是教會的人在宣傳，結果是拜託我來解救妳。」叨叨絮絮，宋凱傑陪著我走到對方面前，「我可是受人之託照顧妳，以後再碰到這種事，不要乖乖受人欺負。」

丟下這麼一句話之後，宋凱傑瀟灑離去。

我靠了上前，宋凱傑所指之人是一名十七、八歲的年輕男子，身材很好，身上穿著剪裁良好的大衣，負在身後的手修長而柔美。然而臉上卻戴著口罩、墨鏡，把臉嚴嚴實實得遮住。

雖然沒看出真面目，但從剛才的聲音聽了出來，我試探性問道：「你……難道你是尹鉉宇？」

他的目光從墨鏡後透出來，低低的聲音說道：「對，是我。」

但他，他怎麼會幫我？

偏頭看著眼前俊朗的側臉，偏黑的大衣和黑色牛仔褲，大片陰影錯落，整個人幾乎要隱形到了背景裡。察覺我疑神疑鬼的打量視線，他拉低鼻樑上的太陽眼鏡，低著頭看了我一眼，低低笑了出來。

「姊姊，別太感動。」

這是驚嚇！怎麼身邊的人都和徐在熙一樣染了惡習。

鼓起腮幫子，小腦袋瓜飛速地轉動，謹慎的從千言萬語中挑選出最謹慎的措辭，

「您……你怎麼會出現在這裡？」

我像隻落水雞，渾身滴答著水滴，前一刻校刊的危機還未解除，我現在還得要提起一萬分的心提防著哪個火眼金睛的路人經過。

「怎麼可以對人潑水！」尹鉉禹沒有立即回答我的問題，倒是抓起剛才宋凱傑留下的毛巾，靠上前幫我擦了擦頭髮。

我輕輕地推開他的手，再度發問：「這是我的事，你不需要管，你還沒回答我，為什麼你會出現在這裡？」

黑曜石般瞳眸隱隱亮著一抹柔光，「我答應妳。」

「什麼？」我分神瞟著周圍，緊張兮兮地回問。

柔暖輕和的嗓音拂上耳畔，「我可以當妳三個月的男朋友。」真心誠摯，沒有一絲遲疑。

這這這……這……

「什麼！」驚恐已經不足以詮釋我的心情。

我掏掏耳朵，確定不是因為進水而出現幻聽。

不介意渾身濕透的我，他摸摸我濕淋淋的頭髮：「所以，妳的事就是我的事。」

撇開這九彎十八拐的曲折轉折情況，不得不佩服尹鉉禹的情報蒐集效率和行動速度。

「何小姐，目前鉉禹的訪談，我們只有授權給貴校的新聞部和幾家大公司。貴校文藝社擅自刊登我們的報導，這是違法的。」

趁著大多數的人都離開去吃午餐，低調地穿越半個校園之後，我們移駕到了Vincent開來的廂型車上，他邊開車邊出聲替我解惑。

「這件事怎麼這麼快就傳到你們那裡？」

「授權專訪給貴校也算在宣傳工作上，自然要關心。」不緊不慢的聲音緩解緊張壓抑的心情。

也是。我若有所思地點點頭。

細緻的眼角瞇了起來，尹鉉禹認真地看著我：「我沒別的意思，只是確認一下，我的專訪是妳洩漏給文藝社的嗎？」

「絕對不是。」

全車的車窗都貼著隔熱紙，進到車內，尹鉉禹就把口罩和太陽眼鏡拔了下來，沉靜溫和的面容，有幾分稚氣未脫的孩子氣，但這張臉怎麼看都不真實！

他他他，他是什麼人！怎麼會和我這種人牽扯在一起！

我有很多疑問，但找不到適當時機開口。

「妳別擔心，我們公司這邊會對社團提出告訴。」尹鉉禹神情稍稍放鬆，往後一靠。

暫時撇下他是大明星這個難題，我皺了皺眉：「這樣會不會鬧太大了。」

「Vincent哥會處理好，不用煩惱。」

仔細想一想，這終究是他們的權益，我也不好再說什麼。

「可是我的名字會出現在文藝社的校刊上？我又不是社員。」我摀住臉，「要是之後他們拿這個來咬定是我洩漏的怎麼辦？」

「何小姐，法律上有條叫無罪推定論，妳聽過嗎？」轉了一個彎後，Vincent透過後視鏡看了我一眼，「但也沒有證據證明那是妳做的。」

Vincent的車子一直在兜圈子，在路過一間商場的時候停車幫我買套衣服和午餐。尹鉉禹因為身分問題留在車上等候，換下濕透的衣服，折返回車子的路上，趁機我提出了滿腔的疑問。

Vincent似乎早有準備，語氣漫溢著些許無奈，「我不知道私底下鉉禹和妳說什麼，但妳不用太掛在心上。」

這是拐彎抹腳的探情報的意思嗎？

「他說……」

「沒關係，不用說了，要是我知道的話，我就得管了」誠實稟報到一半，他突然插話。

我悻悻然，登時被他的氣場壓著說不出話。

「那孩子以前就常這樣，也和我做過約定，一直沒出過什麼亂子，你們別做出太超過的事來就好。我會在旁邊看著。」

這是講明著，睜一隻眼閉一隻眼。

「三個月，尹鉉禹三個月之後有什麼事嗎？」

Vincent沒有立即回答，沉默了一會才說：「那孩子三個月之後，要回韓國拍戲。」

這就是限時三個月的原因嗎？但是，到頭來我還是沒搞清楚為什麼尹鉉禹會突然插手管我的事？還說了那麼引人遐想的告白？

4

事情過去一個多禮拜，尹鉉禹的專訪事件在惠文大學依舊鬧得沸沸揚揚。

文藝社出面回應說自己是受害者，也不清楚為什麼當天的社刊會出現尹鉉禹的專訪；對學生會和新聞部來說，我是賣情報的叛徒，而且還是最無恥的那種，被人抓到小辮子之後，還翻臉不認帳，搞得我裡外不是人。

出乎意料之外，唯一站在我這一線的人，除了莫名其妙喜從天降的明星和其經紀人二人組合，還有韓佳儀。

「筱薇，給妳。」透著沁涼水珠的鋁罐汽水打斷我的思考。

放下手機，我接過韓佳儀遞來的汽水，「謝謝。」

下課時段，我和韓佳儀擠在學校裡的便利商店附設座位。

我拉開拉環，暢飲一大口，汽水的麻痺感衝上腦門，緩解了壓抑和鬱悶感。

「文藝社現在死定了，他們肯定沒想到ＴＭＣ娛樂會提告。」她說，「不過沒想到這個ＴＭＣ娛樂這次會這麼積極，照理說不論是誰刊登，對他們都沒有任何損失才對。」

我露出苦笑，沒說話。

韓佳儀將手上的水珠抹在自己的褲子上，拉開我旁邊的椅子坐了下來。

「別看了。」她掃了一眼我的手機。

我的名字登上了黑特惠文，不少根本不認識我的網友也在上面罵我。

韓佳儀看著我欲言又止，三度張開口才說道：「那個時候沒有站在妳那邊，對不起。」

「沒關係。」懶洋洋地抬起視線，韓佳儀的表情不自然，我笑了笑，「現在妳相信我了嗎？」

韓佳儀用力點頭。

那天晚上她冷靜下來後，親自到我家道歉，也允諾要和我一起找出真相。雖然努力了一個多禮拜，依舊毫無進展，但多虧有她，否則我連在課堂上露臉的勇氣都沒有。

「不過專訪資料怎麼會跑到文藝社那裡？」這個問題我始終百思不得其解。

韓佳儀皺起眉：「我那天確實是有拿給在妤學姊，她剛好不在位置上，我讓也修同一門課的靜敏學姊轉交，她後來也傳訊息告訴我，在妤學姊收到了。」

「不過我不懂，到底是誰做的？還把人家的名字弄到別人的社刊上，這又有什麼好處。」我抱著頭哀號。

「筱薇，我相信妳。因為我想不出做這件事對妳有什麼好處，可是……」韓佳儀的話說到一半又縮了回去。

我追問道：「可是什麼？」

短暫沉默了一會，她才開口：「妳的名字出現在文藝社新社員名單上。」

「Shit.」我忍不住飆出髒話，「妳確定我們學校沒有第二個何筱薇嗎？」

「學號一〇九六〇三九的何筱薇，就我所知，只有一個人。」瑩白的手機光線打亮她的臉龐，有些滲人。

我接過她手上的手機，手機頁面停留在一頁word，上頭印著一排字，寫著：一〇九學年度第一學期文藝社新社員。

底下有一個小表格，由上至下數來第三行標示了何筱薇這三個字。

「這是在開什麼玩笑？」我皺起眉，文藝社那邊說沒有我這個社員的，「我要去找他們的社長。」

「社長的話，我已經約到人了。我會去幫妳問清楚，妳還有其他任務。」

「什麼意思？」

韓佳儀神祕兮兮一笑，忙不迭背起背包。

「筱薇，這是我的補償。」她對我比了個愛心的手勢。

高大英挺的身影一晃，遮擋住我眺望出口的視線。

「妳妳妳，這是哪門子補償！」

她不理會我的抗議，瀟灑地提包走人。

徐在熙衣著正式，超過眉毛的劉海在他低下頭的瞬間，遮住了那雙淡泊銳利的瞳眸，渾身漫溢著一種放蕩不羈的帥氣。

目光炯炯，懾人心魂深深望向我。

「你怎麼來了？」

「筱薇。」抑揚頓挫，柔軟溫和的嗓音拂上耳畔，徐在熙彎身靠上我的肩旁，輕輕的低笑了起來。

我微微一怔，竟有些詞窮。

他拉開剛才韓佳儀坐的椅子，坐下。

「你來幹嘛？」

「幫忙。」徐在熙笑容可掬地看著我：「我都回來了，妳發生了這樣的事，為什麼不告訴我？」

聽見他的話，我立刻從座位上站了起來。

「我知道怎麼證明文藝社的社刊上那篇報導不是妳放的。」

我挑起單邊眉毛，沒有答腔。

「那份專欄乍看之下沒有什麼問題，但其實破綻百出。」忽而他眼底散開和語氣大相逕庭的認真，「以妳的個性，絕對不會犯這個低級的錯誤。」

「……什麼錯誤？」我又坐回座位。

他打開手機，修長的食指在頁面中的文件上點了點：「妳習慣在初版的文檔上做手腳，比方在最後幾個段落裡面，置入讓人不會一眼發現的小符號。」

「你怎麼知道？」

「薇薇妳這壞習慣是我教的，我還會不知道嗎？」

我恍然大悟。

文書編排和新聞稿撰寫，這些都是徐在熙教我的，出於好玩的性質，他喜歡在段落動手腳，或是重要的幾句話填入錯誤的訊息，類似加密的作用，然後在最後一校的時候，他才會把符號和錯誤糾正。

「可是這和這次的事有什麼關係？」

「妳一定沒有認真看這次文藝社的專訪內容。」徐在熙對著我連著晃動手指，接著把手機推到我面前。

畫面停留在文藝社的報導頁面。

「妳仔細看一下，從尹鉉禹個人經歷那段。」

循聲我仔細看去，忍不住喃喃說道：「這些是我第一次加上去的……」

把句號換成◇，每五個字之間多兩個空格等，整面報導都是未經修飾版本，是我的初稿。

「這些就夠了。薇薇，你再忍幾天就沒事了。」把手機收回，徐在熙眉目帶笑。

「什麼意思？」靈敏地察覺他話中有話，我追問。

沒有回答我的疑問，他嗓音低沉：「我妹做了很過分的事，妳不原諒她也沒關係……這些給妳。」

低頭拉開隨身背包，他從裡面接連不斷掏出瓶瓶罐罐，一瓶一瓶整齊有序地排列到我面前。

「感冒藥、頭痛藥、胃腸藥、咳嗽藥、止痛藥啊這罐不是，還有退燒藥、鼻炎錠。」細數桌上的藥罐，臉上掛著淺淺的笑意。

蹙眉，我翻閱桌上的藥瓶，上面的標籤猶新，「你家改行開藥局？」

「我家賣藥的話，免費拿給妳要怎麼賺錢？妳不是被潑水嗎？這幾天日夜溫差大，我擔心妳著涼。」

我微微一愣。

昨天下午，Vincent也寄來了一箱補品，說是尹鉉禹叮嚀要給我的。輪番檢視藥品，我有什麼好的，值得他們付出？

剪不斷，紛擾欲亂的感情，其實很無聊，我現在只想一心當個搶走姊姊男朋友的壞女人，不需要身旁桃花朵朵相襯。

放下手上的藥瓶，我直直望向他的雙眼，「徐在熙，你到底想怎樣？」

我的問題淺白，不複雜，然而，問題一出，他陷入沉默。

「我想證明。」良久，他才緩緩開口，「反正妳不會愛上我，在不會造成雙方困擾的清況下，我想證明我是對妳最好的選擇。」

「徐在熙，我的心裡沒有你。」我有些炫目，啞然說道：「所以我不會替你擔心，你也

不需要替我擔心。」

他的目光沉了沉，忽而向前傾身，我們兩人的鼻息交錯，炙熱的體溫幾乎要灼燒我冰涼的臉頰，他的唇角擒著一抹笑，我觸電般往後縮了縮。然而，再後退也逃離不了他的視角範圍，我禁錮在他目光中，動彈不得。

溫熱的吐息擦過頸肩，我反射地縮緊肩膀，他突然皺起眉，說：「妳身上的香水味不是妳的。」

我狐疑地抬起手臂，嗅到了一縷淡淡的香味，幾分糖漬檸檬的甜膩，又混了一點草本植物的味道。

腦袋喀登一聲，我遽然不安。

早上Vincent突然打電話說有急事要找我，沒想到是被騙出來和尹鉉禹一起共進早餐，大概是那個時候沾染上尹鉉禹身上的香水味。

「這個男人就是三個月前妳和我提分手的那個原因？妳放不下的初戀？」

腦中登時浮現任司海的臉。

我面紅耳赤，好不容易從喉嚨裡擠出一點聲音，「不是，只是一個朋友。」

聰慧的明眸閃過鋒利的光芒，「男生？」

「對。」我舔舔乾澀的嘴唇。

不行，我不行心虛，我仰起下巴，故作不在乎。

三個月前，我確實因為任司海對兩人的關係動搖，但他就突然失蹤，也沒有想要挽回，現在我喜歡誰，已經不屬於他的管轄範圍。

「生氣了？」我戳戳他緊緻結實的手臂。

意味深長地看了我一眼，他的視線挑起我每根神經顫慄不已。

面對他一面性壓倒的氣勢，我不自覺矮了幾截，好言好語說道：「如果讓你不開心了，對不起嘛。嗯……該怎麼說呢？他是這幾天突然跑出的追求者。」

出手相救，和我一起吃早餐，還託人送來了補藥。這連串毫無頭緒的動作，應該可以這樣解讀尹鉉禹吧？

嗯？不過，我為什麼要道歉？還跟他解釋那麼澈底，徐在熙到底算哪根蔥！

說出去的話，就像潑出去的水一樣難收回。

得到我的誠意十足的道歉，徐在熙冷冽的神情驟然染上一抹柔和，他伸手在背包裡摸索，摸出了一罐男性香水。

打開瓶蓋，他對著我豪邁噴灑，一瞬之間，我沐浴在淡淡佛手柑和柑橘氣味之中，我不討厭男香，反而有時候倦膩了女香水的輕甜，會覺得偶爾混一點男香還不錯，但萬事過猶不及，濃郁強烈的香氣讓我連打了好幾個噴嚏。

「你幹嘛啦？」抬手欲遮擋，只是讓棉質的短袖布料沾染上更多氣味。

他不服氣的雙手插腰，性感的薄唇猛然迸出一句：「我要和他公平競爭！」

ღ

——「我可以當妳三個月的男朋友。」

尹鉉禹為什麼會這樣對我說？

敲了敲手機，我細細回憶著初次和他見面的那天，然而無論怎麼翻攪記憶，依舊無法找出合理的理由。

難道他有什麼特別的目的？

——「反正妳不會愛上我，在不會造成雙方困擾的清況下，我想證明我是對妳最好的選擇。」

像是落入池面的小石頭，記憶的池流掀起陣陣漣漪，盪漾著一池春心。我猛然從桌面上抬起頭，越想越覺得徐在熙這是在向我下挑戰書。

他們這兩個人究竟是怎麼一回事？

例行的新聞部開會結束，我轉動辦公椅滾輪，滑到徐在好身邊。

她看了我一眼，露出有些意外的表情，接著伸出手阻擋我欲發言的動作，「等我一下。」

轉頭和公關繼續交代事情，等她說完話的時間，我百般無聊的轉著椅子玩。突然我的注意力被她放在桌上的記事本吸引。

夾放在記事本裡一張突兀的白色單據，擱置在前後標記著五彩繽紛的紙張中格外明顯，攤開的記事本上刻意加重用紅筆寫上一連串日期後方還寫了回診兩個字，淺白色的紙張上彷彿滲出血滴。

看似毫無關聯的數字，我卻有幾分熟悉，皺了皺眉，摸索起腦中與那些日子的回憶。答案呼之欲出之際，徐在妤姣好的臉蛋填滿我的視角。

我嚇了一跳，沒由來有些心虛，「學姊，妳好了嗎？」

沒有察覺自己的記事本被偷看，推開記本，淨空桌面，她也坐了下來，單邊胳膊靠上桌面，整個人面向我，神情自然：「我正好有事要找妳。」

說完話，她從背包裡面拿出一個紙盒，扶正上面的緞帶花，然後遞給我。

「這是什麼？」

「是《Faustus》的原文精裝版，妳學德文的，應該看得懂。」她搔了搔頭，語氣侷促，「之前潑妳水，真的很對不起。那時候沒有控制好情緒。」

「學姊我真的沒關係。」恍然失笑，欲推回禮物又被擋了回來。

她岔開話題，「對了，妳剛想問什麼？」

「學姊，雖然有點唐突，但我想問個問題。」望著眼前溫和的笑臉，猶豫了半天，我才切入正題：「妳二哥他……是不是和他女朋友吵架？」

「女朋友？」

「就是那個禹安姊姊，不會他們分手了吧？」

「啊，妳說邵小姐。」她心領神會，當她提到邵禹安時，面色似乎添上一層灰黯。

「他們現在是什麼關係？」我旁敲側擊問道。

我想知道出現在我身邊的人是孑然一身，還是單純是因為和現任女友一時過不去而跑回來討安慰。

「他們挺好的啊。」徐在好臉上掛著淡然的笑容，「她和我二哥確實有些事，不過和妳沒什麼關係。」

言下之意，身為外人還是別多管閒事。

我懂我懂，「好，那我不說了。」

「筱薇，我也有一個問題。」她的目光倏然真誠，看起來是很重大的事情，我忍不住吞了吞口水，不料她卻嘆了口氣，「算了算了，沒什麼事。」

「哪有人這樣話說一半！」這比魚刺卡在喉嚨還難受，拍拍胸脯，給予高度肯定和信心，「妳想問什麼儘管問，沒關係。」

徐在好臉上游移著矛盾和猶疑，「好吧！那妳別有負擔，妳和徐在熙分手，真正的原因究竟是什麼？」

左胸口木然抽蓄，我咬著下嘴唇，這是一個很單純，甚至比三角函數都還要容易的題目，但我卻感受到被難倒的挫敗感。

因為徐在熙和何筱薇，不再是純粹的A與B的關係。

任司海興許只是那無盡的青春歲月，失手畫壞了的一塊空白，卻賦予了太多不真實的憧憬和幻想。

他不是我放棄上一段感情的理由，徐在熙才是。

分手後的整整三個月，他忽然就斷了音訊，現在就算他如驀然乍現的曇花，再次追在我的身後，我還不想輕易原諒他。

「妳真的不愛我二哥了嗎？」徐在好見我默不作聲，忍不住追問一句。

要是告訴她，我也不懂我自己，我只是搖擺在兩個對我而言都很重要的人。最初我是為了追尋一個在我的生命裡缺席了六年的青春風采，為了再睹曾經漫天燃燒少時浪漫的那人一面，而現在是因為連我自己都不清楚到底自己真正想要什麼，她大概從今以後就會視我為傷害她哥的壞女人。

「……我只是想看看，還有沒有比他更好的選擇。」

得到我的答案，徐在好凝重的面容釋懷許多，「那代表不是因為不愛囉？」

這個問題，我不得而解，又或者擱在心上，不能解。

「那他呢？」最聰明的回答就是，把問題丟回去給發問者。

未料，她笑得開懷，幽遠的眸中再度重現明媚光采，「學妹妳知道嗎？我二哥向來精明，在任何事上，哪怕是時間都浪費不得，可是他現在卻為了妳，就算付出不一定有回報，他也不心疼，他唯一心疼的只有妳。」

這話有些矛盾，但又無法說出個所以來。

我皺眉，「既然他喜歡我的話，他當初為什麼要放手讓我走？」

徐在妤也露出碰上難題的困窘表情，「二哥他沒說過原因，也許他有自信，也許他是一時頭昏了。」

連徐在妤都無解的愛情習題，對於我更是毫無頭緒。

「不管他的理由是什麼都不會是我現在必須愛他的理由。」我淡然應道。

「筱薇，妳很幸運能遇到我哥。不論妳想做什麼，我哥都會答應妳，所以妳就儘量利用他沒關係。」

「咦？」這沒頭沒尾的。

徐在妤一邊整理桌面，一面徐徐說道：「我認為有人為愛不要命的人是瘋子，我二哥是我認識的第一個。」

瘋子。我在心中接下她未完成的句子，看著她會心神領的笑了。

不由笑了起來，這真的很適合徐在熙。

不知道他現在在做什麼——正在操作手機的動作登然暫停。

可是如果我真的愛的人是任司海的話，那我的心就不該為徐在熙動搖，不該想起他，更

不該放任他的身影在我和任司海的記憶中攪擾在一起。

曾以為可以荒唐無度的風花雪月，實際細碎品嚐之下，淡然平凡，可是若要割捨，卻又百般不容易，彷彿都與血淚相連，似與呼吸相隨，深刻入骨，牽動著無數瑣碎回憶。

我忽然想起了那天……

破碎的陶罐，刻意用黑色顏料遮去底層斑斕的水彩色塊，我呈現大字形躺在鋪著報紙的畫室地板，冰涼的地板貼著裸露在外的肌膚，透著陣陣寒意。

高舉的手臂覆蓋在臉上，白色的制服領口上色彩斑斑，我一動也不動，任著全身精力一點一點消失。

「妳在做什麼？」

我抬起手臂，模糊的視線裡透出一個高大的身影。

慢慢看清楚對方，緊繃的心情慢慢鬆懈下來，我平心靜氣道：「你沒看出來嗎？我在毀掉我以前的作品。」

「噢。」臉龐還帶著稚氣的彆扭笑容，徐在熙摸摸自己的臉，改盤腿坐下。

等了半天，沒等到下一句，我忍不住問：「這時候不是該問我怎麼了嗎？」

「那妳怎麼了？」

「算了算了。」鸚鵡學舌的答案毫無誠意。

安靜了一會，他打破凝重的沉默，「我知道，妳不能再畫畫了。」

像是小石子打攪沉澱在池底最深沉的淤泥，他的話直攻我內心深處的脆弱。

我翻過身，側身背對他。

「因為妳們班的一位女同學把妳的畫藏起來，讓妳不能比賽。」

「嗯。」

「比賽那日，妳才找到被藏在置物櫃的畫，趕去比賽的時候發生了車禍，雖然沒有受很重的傷，可是右手的握力減少了五成，而且還是不可逆傷害。」

「你全說對了。」

「妳是笨蛋嗎？」他的聲音聽起來很生氣，但我沒心力轉身確認。

「你不會明白我的心情，那個比賽我準備很久，因為你做什麼事都很完美，肯定沒遭過這樣挫折。」我沒有想哭，但不知怎麼的，就開始哭了起來。

他就像是太陽一樣燦爛。這樣的他，怎麼能理解被太陽遮蔽後的失落。

「我有過。」

「什麼時候？」好奇心驅使之下，我從地板上坐了起來。

「比如現在。」

我愣然盯著他，「你在說什麼？……不過徐在熙你怎麼知道這裡？」

「翹掉補習班，又不接電話，家裡也沒看到人，妳姊告訴我的。」他蹲在我前面，以往

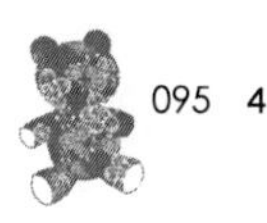

樹立高大英挺的形象，此刻瓦解，痞痞不正經的笑容消失，臉上帶著真誠的關心。

「我姊為什麼要告訴妳？」

「因為我告訴她。」一個字一個字說得緩慢，徐在熙臉上難得浮現羞澀。

「妳告訴我姊姊什麼？」

「我喜歡妳，我告訴她我喜歡妳。」

我睜圓了雙眼，一時半會說不出話。

他輕輕笑了起來，「我還告訴她，我想問妳，如果妳也能喜歡我，就別喜歡別人。」

墨色的短髮下一雙聰慧的明眸閃閃發亮。

愛情像是一場突然降臨的玩笑，但身在其中的我們，都甘願被騙。

徐在妤晚間還有課，稍作收拾過後，便與我各自散開。

時間也晚了，走出會議廳時，天空已經換上了深藍色衣裳，城市的邊緣綴上一串銀珠般的光點。

夜晚的校園依舊熱鬧，一批一批成群結隊的學生們遊晃在校區內，此刻的校園比起白天時更添加一分靜謐和神祕色彩。

走出校區，捷運站離校門口有一段距離，我埋頭走了幾分鐘。忽而耳邊傳來兩聲喇叭聲。

循著音源轉頭，一輛廂型車停在我的身側，後方車窗拉開了一個小縫，一雙古精靈的雙眼對著我眨了眨。

「姊姊，上車！」

頭疼了張望了四周，確認沒有特別的行人關注，我倉皇地拉開車門，進入車內，又以最快速的速度關上車門。

剛坐穩，車子再度發動駛向車道。

「太好了，本來只是想說碰碰運氣，沒想到剛好就遇到妳。」

我訕訕一笑。

「何小姐，專訪的事，學校那邊還有沒有人再為難妳？」前方的Vincent插嘴問道。

「沒事了。」

廢話！兩家大牌公司都出面了。

一瓶水遞到我面前，緊接著另一隻手臂伸了過來替我繫上安全帶，我愣了愣，有些失神地接過水，抬起眼眸，淡然問道：「為什麼又來找我？」

昏幽的車內，尹鉉禹一雙明眸似漫天群星，熠熠發光，「我今天的行程結束了，我們去約會吧。」

不知道是第幾次困惑，我嘆了口氣，「不用了，你跑了一整天，你回去休息吧。」

「我不累，和妳做什麼事都不累。」尹鉉禹邊笑邊搖頭，神情誠懇，「妳說吧，妳人生

清單裡，最想做什麼事？」

這段時間相處下來，我發覺私底下的尹鉉禹，退去明星光環之後，儼然就像是個小孩子，還不夠成熟，時而語出驚人，迸出與他氣質相左的句子和行為，也因此特別讓人難以拒絕。

「……我知道有一間海景咖啡店，我認識那裡的員工，去那裡吧。」打開手機輸入一串地址，找到地圖位置後，我傳到了坐在駕駛座的Vincent手上。

「妳的人生清單就是去那裡嗎？」縮回座位，尹鉉禹語帶一絲驚奇。

我還有聽過有人的人生清單是睡覺呢。

但他為什麼要關心我的人生清單？

「要是這麼簡單就好了。不過現在，比起我，更重要的是你不是嗎？」凝望著他帶著孩子氣的容顏，我忍俊不禁，「下個月有演唱會，這陣子又是宣傳期，看看夜景喝杯茶，偶爾讓身心休息一下也不錯。」

他的笑臉太無害，我有種錯覺，在他身上看到了親戚家年幼表弟的影子。

尹鉉禹似乎被我的多話嚇了一跳，澄澈的雙眼倏然深不可測，再度開口，嗓音裡有幾分悃悵，「以前也有個人這麼說過。」

言下之意，聽起來像是他把我當成了某人，但這些話，他從粉絲口中肯定聽到不少。

「是嗎？」我淺淺一笑，並不怎麼當一回事。

上了一整天的課，眼皮也有些沉重，我迷迷糊糊地應了他接連丟來的問句，他就像是電池充沛的好奇寶寶，撐不住倦意，沒聽清楚他最後一句問題，我墜入迷霧般深夢裡。

彷彿是隔了好長一段時間，我在一陣輕柔的搖晃中醒來。

茫然地睜開眼，Vincent和藹的笑顏佔據整個視線，「妳醒了，鉉禹在等妳了。」

稍微活動手腳，我從座椅上跳了出去，蓋在肩上的外套唰地滑落，彎腰撿起丹寧外套，我認出是剛才尹鉉禹穿在身上的那件外套。

順著Vincent比劃的方向，我在車子外幾公尺找到他。

四處張望，我們身在一處海堤，周圍人聲稀少，只有一片雲霧般的淺色光影將我們籠罩，天已經黑，一輪不完整的月溫柔吊掛在高空。

海堤之外，滔滔輕緩的浪潮撲打上消波塊，激起陣陣浪花。

聽見腳步聲，尹鉉禹回眸，笑臉盈盈道：「姊姊妳知道嗎，有一種說法說，海平面是生與死的交會點。」

他坐在一把折疊野餐椅上，身邊放了另一把野餐椅，我沒多想坐了上去。

「我第一次聽過。」

「那妳現在知道了。如果有話想和已經死去的人說，那對著海平面傾訴也許就能傳達出去。」尹鉉禹語氣老練，神情肅然，一面朝著觸不可及的海面張開五指。

我若有所思地點了點頭，忽而有些感傷，抿著唇兀自陷入沉默。

「妳有嗎？」半晌，尹鉉禹打破沉默，伸長的手臂已收回，染著霧氣的藍眸明晰許多。

「也許有吧。」我聳肩承認，「你呢？」

「有喔。」

我一詫，旋即轉向他，本想順著他的話探詢一些蛛絲馬跡，只見他食指指腹和拇指摩娑著眼窩，一雙眼眨個不停。

臨海的晚風中參雜著鹽分，他戴了一整天的美瞳，想必乾澀不舒服。

「現在沒鏡頭了，也沒外人，還是把眼鏡拔了吧！」隱形眼鏡戴久了本身也對眼睛不好。

尹鉉禹搖頭搖得像波浪鼓似的，「拿下來就不好看了。」

啊？真不虧是明星，隨時隨地都重顏面。

我好笑地半脅迫道：「等你瞎了，就更不好看了。」

一看就是被哄大的，禁不住半點恐嚇，尹鉉禹摀住眼睛驚道：「那怎麼辦？可是我不敢自己拿眼鏡，都是別人幫我的！」

窘迫地掃視周圍，從剛才就不見Vincent的身影，一時半會，黑糊糊一片也沒找到人。

長長吸了口氣，從背包裡抽了張濕紙巾，仔細擦了擦手，「我幫你吧。」

傾身靠向前，拉開遮擋在眼睛上的雙手，一雙琉璃般透徹的湖水藍眸就這樣直直撞入我的眼中，我們倆同時秉住呼吸，垂落在耳間的幾綹黑髮清淺盪過他白皙的臉頰，如絲絨緞帶般垂直自脖子下方垂落，最後落在鎖骨上方。

兩顆心跳交織在安寧夜色下，兩個呼吸倏然統一了頻率。

「我……」輕咳了一聲，我們同時出聲。

「你先說吧。」

「妳先說吧。」

我別開視線，有些難為情，「我想說你的經紀人現在不在，你眼睛好像很不舒服，所以先幫你摘眼鏡。」

尹鉉禹兩頰暈起明顯的駝紅，一頓，「好呀。」

咬了咬唇，這麼近距離看一個零瑕疵美男，就算我不是超級粉絲，這對我的心臟來說，仍然是一大考驗。

「是日拋還是月拋？」

「好像是日拋。」

點點頭後，單手捧住他溫涼的臉頰，另一手以食指和拇指輕輕撐開他的眼眶，輕壓，無名指連帶拇指快速一捏，另一隻眼睛也依樣畫葫蘆，用最短的時間幫他把隱形眼鏡摘了下來。

小心翼翼把隱形眼鏡包進濕紙巾內，我如釋重負的連做了好幾個深呼吸。

「謝謝妳。我也不喜歡戴隱形眼鏡，一整天眼睛都好累。」揉了揉眼睛，尹鉉禹少了藍

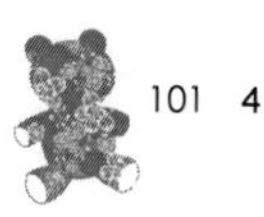

眼帶來的迷幻感，整個人純真許多。

「何同學，鉉禹，我把東西買回來了喔！」消失許久的Vincent重回視野範圍。

他站在車子旁邊，兩手提著兩個大購物袋，後車廂前放了一個中型烤肉架，架上已經放上了炭火，正裊裊燃著薄煙。

看見經紀人回來，尹鉉禹高舉雙手歡呼，對著我又是笑著道：「我讓Vincent哥準備的，還有幫妳到那間咖啡店買了飲料回來，走吧！」

烤肉？

「這難道是你的人生清單？」我半開玩笑道。

尹鉉禹停下腳步，側身回望我一眼，唇角微揚，似有些難為情，靦腆摸摸自己的鼻子，「也可以這麼說。」

雖然我還是不明白為什麼，千萬粉絲之中，偏偏是我，他選擇我的理由是什麼？我連路人粉絲的頭銜都稱不上。

月光下，他略帶稚氣的臉龐有著說不出的迷惑感，我綻開笑容，暫時拋下滿腹疑問，隨著他的腳步奔向熱氣騰騰的烤肉區。

週四下午，心理學下課鐘響。

「筱薇。」

低頭收拾講義，循聲抬起眼眸，任司海抱著方才上課的教材站在我面前。下課後的教室喧騰不止，我的世界在剎那間靜止，只剩下他輕柔地笑著，他的語氣自然熟稔，甚至有幾分隨興。

「我有事要跟妳說，妳方便隨我到辦公室一趟嗎？」他說。

教室外，飄著濛濛細雨，染上灰燼一樣的天向下拋灑著如毛氈般的細針，張開手，雨絲又如蒲絮，輕巧，毫無重量。

任司海打開了一把傘，頃刻間，煙雨迷濛，而我們籠罩在一片陰影之下，四周恬靜得只剩下雨聲，呼吸聲還有一分不安分的心跳聲。

從上課教室到他的辦公室不遠，大概五分鐘左右的路程。

「老師，你想跟我說什麼？」走進電梯後，我終於發問。

伸手摁下電梯樓層，他淡淡說道：「等一會妳就知道了。」

盯著一格一格往上升的數字，我不死心繼續追問：「老師，你今天晚上還會來我們家吃飯嗎？」

「會。」不緊不慢的單音節撥擾人心弦。

我心跳快了一拍，「老師，我知道最近有一部很好看的音樂劇，你要不要跟我一起去看？」

淡泊的目光低低掃了我一眼，「我不喜歡音樂劇。」

說完，電梯正好停下，等電梯門一開，輕柔的光束自外頭打了進來，好似給他鋪了一條金箔的地毯，他大步邁開，氣定神閒的走向他專屬的辦公室。

我愣了愣，又加緊腳步追了上去。

「老師，那你喜歡看什麼？」

他淡然回眸，「妳喜歡的，我都不喜歡。」

我唇角微微勾起，不甘心地回嘴：「那你喜歡的，我都喜歡！」

大步流星跟上他的腳步，挺著他的側身擠進了狹小的辦公室，興許是新進老師，他的辦公室特例是一間個人間，兩坪大的辦公室被他布置得很溫馨，連最基本款的鐵製辦公桌椅也精心擺設一番。

任司海已經走到了辦公桌後方，半身傾向桌面，單手撐著桌角，一面靈巧地翻動著文件，一面問道：「妳是不是找了我們系上的方靜妍同學參與微電影拍攝？」

「對。」我糊裡糊塗地應聲。

「方同學的狀況不太好，拍攝的時候，妳幫我留意一下。」他總算抬起頭，眸若清泉，無半點雜質，只有單純為人師表的擔憂，「必要的話，妳可以聯絡我。」

我納悶問道：「什麼叫狀況不好？」

恨不得立刻遇到突發狀況啊！

「這份文件只能妳看。」他遞給我剛才翻閱的那份文件，「方同學最近因為心理問題來找我，她的情緒很容易大起大落，如果發現她眼神開始渙散，立刻打電話給我，不要用言語刺激她」

我隨興地翻了翻手上的文件，是一份病歷和診療表。

「這感覺不太禮貌，如果我擅自翻看……」

「所以我才說只能妳看啊。」他眼角微彎，露出了眼折子，「只是上次方同學來找我諮詢的時候，提到了她目前接的演出，我聽到妳的名字，我擔心她如果在演出的時候突然發作，妳們會反應不及。」

「老師，你擔心我嗎？」我眼睛一亮。

「妳是我最不擔心的人。」他睨了我一眼，神情倏然嚴俊認真，「薇薇，我和妳姊——」

敲門聲響起，打斷了我奔騰紊亂的思緒。

「請進。」任司海很快移開視線，朝著門口喊聲。

喀一聲門板推開，從外頭徐徐走進了一個倩影。

「老師，我幫惠晴同學拿上課的考卷過來。」游靜敏的聲音。

我本能地退了一步，讓出更大的空間讓她進來，她看見我出現在這裡，臉上一閃而過詫異。

「把考卷放在桌上就行了。」任司海淡然說道。

游靜敏點了點頭，快速放下懷中的考卷之後，又默默退回門口。

「對了，妳幫我轉告惠晴同學，明天早上先來找我拿上課講義。」游靜敏把手放在門把之際，任司海想起一事，連忙出聲道。

「知道了。」乖順的點了點頭，游靜敏扭開門把沒逗留，旋即離開。

惠晴是任司海在校的負責協助他處理學生雜物的小助理，當初成功修到心理學的課程時，我也曾努力爭取要小助理的職缺，無奈不敵其他人的競爭。

還好任司海是淡薄的人，不論課堂間或是課後，哪怕周遭圍繞上去多少熱情奔放的女同學，他都是一副清心寡慾，不染一絲拂塵的態度。

剛才看游靜敏的表情，肯定也是打著能和任司海獨處一室的算盤，但萬萬沒想到，已經有人捷足先登——

腦袋忽然轟一聲，好幾塊碎不成型的碎片組合成一片錦瑟圖畫。

我推開門，匆忙跑了出去。

「學姊，等一下。」

聽聞呼喚，游靜敏在電梯前停了下來，她正準備打電話，看見我又把手機收了起來。

她眉宇透著一股和藹，「有什麼事嗎，學妹？」

下課時段，樓梯附近學生來來往往，我沒有刻意降低音量，也沒有加大音量。「是妳做

的吧？」

懶得長篇大律鋪陳，我開門見山。

「妳在說什麼？」

「拿走隨身碟，對調上一期校刊的內容，然後把尹鉉禹的專訪植到文藝社的社刊上。」

她語氣溫雅平淡，笑容卻有些僵硬，「不是我。」

「為什麼要這麼做？」不由加重音量，我沒心思和她玩偵訊遊戲。

「妳有什麼證據證明是我做的？」

現在我只有心證，聽到隨身碟曾轉經她之手的時候，我還沒多聯想，直到剛才聽到她代替小助理的工作時，所有的細節全串聯在一起。

那時看到的人員名單上的文藝社新幹部名單，我在社長的位置看到了游靜敏的名字。才剛入社半個多學期的新成員，怎麼可能沒理由就空降成社長。這其中肯定有貓膩。

再加上韓佳儀提到文藝社的事，我過去曾聽人說過游靜敏和徐在妤是新聞部的部長競爭對手，新聞部這次出事，首當其衝雖然是我，但是如果要論疏失和處罰，第一個會先算在徐在妤頭上，也就是說，游靜敏是唯一直接的獲利者。

「別逞強，我都知道了。」故弄玄虛，我從口袋裡拿出手機，一面滑開頁面，一面說道：「企管系四年級的徐在熙妳知道吧？他幫我弄到了監視器畫面，裡面清楚錄到妳拿走隨身碟的畫面，妳應該知道我拿去警局的話會有什麼樣的後果。」

她臉上的笑意流失，整個人沉默了起來，眼神多了分緊張。

「在哪裡呢？我記得我存在這裡……」偷偷瞄向她，從容不亂的滑動手機。

「不用再找了。」下一秒她屈服，氣勢低落，「是我做的沒錯。」

我厲聲問道：「為什麼要這樣？」

「因為我不甘心。」她冷聲道。

我才不甘心好不好，「不甘心什麼？」告解的話說到一半一點都不有趣。

「上學期我和徐在妤競爭新聞部部長的職位，結果我輸了。」越說越小聲，帶著強烈的不甘願和倔強，她說得飛快，「文藝社前社長是重利益不重實力的人，如果我能拿到尹鉉禹的專訪，她答應讓我當社長，現在的文藝社很強，只有這樣，我才能和徐在妤一樣……」

我聽不下去，「這樣的話，妳大可拿實力去爭取，或是和在妤學姊說說看，如果妳平心和她說妳的難處，說不定她會答應把專訪分享給妳。」

「徐在妤那女人怎麼可能會給我，妳腦袋燒壞了嗎？」她挑了挑眉，「我就討厭她，家世背景和實力都那麼優秀，我只是想看她出糗一次。」

「那為什麼要把我名字也刊登上去。」

這說不通啊，她的說詞分明是針對徐在妤。

「妳怪徐在妤吧，在新聞部，她偏心妳這件事，大家都心知肚明。」她輕笑一聲，細緻的妝髮和她的表情有股冷豔，讓人肅然起敬，「但學妹妳又有什麼資格說我？誰不知道妳是

靠徐在熙才得到那麼多特殊待遇。妳也不過和我一樣是卑鄙的人。」

「妳怎麼能這麼說？」我不自覺攥緊手指。

「難道不是嗎？」她啞然失笑，口氣卻是不屑，「這次要不是連ST也出面，妳覺得妳能這麼快置身事外嗎？」

「妳在說什麼？ST怎麼會管這件事？」

游靜敏不可至否的挑起眉，「別裝了，妳沒看新聞嗎？現在大家都知道妳背後有兩個很厲害的後台。」

我整個人懵了，顧不上面子，我勉強提起精神，打開手機新聞。

「為什麼他們要這麼做……」我喃喃道。

我天真以為，我只要心端正，時間和他人就會慢慢找到浮現的真相，但原來這都是因為徐在熙和尹鉉禹。

游靜敏嗤笑了一聲，「妳要把監視器畫面拿去給誰都無妨，反正這次是我輸了，我認輸，是我沒先看清妳的底細，下次我要出手，不會再大意。」

她走了很久，我僵在原地，任著灰暗的陰影將我壟罩。懨懨地陷入沉思，鐘聲響起都沒有察覺。

直到這一刻，我才發現我一直都被保護得好好的，從小到大，不管什麼麻煩事都有人會事先幫我處理好。

國三以前，姊姊還在住家附近的學校唸書，她替我解決所有的疑難雜症，更不用提國三那年，任司海解決了我如心頭之患的英文學科，也一併替我排解了不少青春期的少女煩惱。

升上高中，一路唸到大學，我遇過了太多太好的人，包括了韓佳儀還有新聞部的人，但凡最終傳到我手的所有資訊和物件都是經過良好包裝處理過後的二手訊息。甚至連分手也得到了徐在熙全心的體諒，我從未真正被苛責過什麼。

我一直是被過度保護好，隔絕在玻璃罐裡的野薑花，卻誤以為全世界同恆溫且濕度良好的玻璃罐一樣。

「為什麼要這麼做？」等我回過神，我的耳邊貼著微微發燙的手機，電話另一端傳來耳熟的輕笑聲。

「薇薇，我不是說過嗎？」柔暖的聲音讓人如沐春風，卻又有幾分寒意，「沒有人可以動妳，我不會讓妳受傷。」

5

周五傍晚，整個新聞部為我從這次冤枉全身而退舉辦了一場小聚餐。

地點選在捷運站附近的一間日式燒烤店，因為價錢便宜又很是和聚餐，小小一間店面擠滿了學生。

環視了座位一圈，游靜敏沒有出席。

「筱薇，這次我們誤會妳，真的很抱歉。」新聞部中年紀最小的哲學系學妹莊藝晨以汽水代酒首先向我道歉。

有人先開首例後，接連好幾個部員也舉杯向我坦露歉意。

「別這樣，沒事就好，沒關係。」一口仰盡玻璃杯裡的透明酒液，我一一以溫和無害的笑容擋回。

游靜敏的一席話給了我很大的震撼。看著席間的部員，我明知大家是坦然相見，出自一片好心，但我卻渾身不自在。

我明明是這次事件中最大的受害者，事情解決了，我卻悶悶不樂。內心好像某一塊角落崩塌，好像長久以來賴以為生的信念忽然抽離，一時之間，我茫然找不到方向。

有多少笑臉摻雜著不單純的心機，又有多少的恭維是有目的而來，為了讓心麻痺不再計

算，我一杯接著一杯，直到嗓子眼都如著火般疼。

發脹的頭隱隱作疼，我伸手按了一下韓佳儀的肩膀，搖搖晃晃站了起來。

「佳儀，我想出去透風。」抓起桌面上的手機和外套，我沒有等到回覆，趁著眾人注意四散，悄聲逃出餐廳外。

室外，沉寂的黑夜飄散著餐廳的燒烤和酒味，歡騰的音樂與喧嘩聲哪怕相隔十幾步也清晰若在耳畔，空氣間散漫著一股迷醉。

驀然，我注意到一個熟悉的身影。

我瞇起眼睛，對方近在眼前，「學長？」

「學妹？妳來這邊吃飯嗎？」宋凱傑從餐廳大門的另一側走了過來，夜色下，他一頭白髮格外顯眼，像是覆蓋著一層白雪，瑩瑩透著一抹冷豔。

「我和新聞部的同學來聚餐。」我指了指餐廳內，新聞部現在坐的座位從外面看去不太明顯，但隱約可以聽見熟悉的爽朗談笑聲。

「在好也來了嗎？」他的神情忽然起了變化。

「嗯，學姊在裡面！你要找她嗎？」

「不用了。」他搖了搖頭，語氣柔和，「不過我看妳好像喝酒了，女孩子這麼晚別喝太多，佳儀學妹如果也來了，妳們一起結伴回去，我比較放心。」

「我會這麼做的，學長你別擔心。」我笑得燦爛，興許是酒精作用，平常宋凱傑的那分生冷難親的氣質，此刻卻多了分親切。

「薇薇也來了？」另一個微弱的聲音傳來，只見宋凱傑眉頭一皺，身後就跳出了一個人影，興高采烈地朝我招手，「薇薇，我好想妳。」

我也醉得不清，但看見對方，腦中轟一聲，霎時清醒半分。

「你們一起出來吃飯嗎？」我擰眉問道。

宋凱傑聳肩，「嗯。我和他有事要討論就順便來吃飯。」

在他後方，徐在熙一張白俊的臉蛋上顯而易見兩抹紅暈，對著我露出大大的笑容。

「他怎麼了？」我皺起鼻子，濃郁的酒味撲鼻而來。

徐在熙腳步蹣跚，大手一揮，推開擋在前方的宋凱傑，兩隻手牢牢抓住我的肩膀，像是推著搖籃的力道，輕輕晃著我，「薇薇，妳不喜歡我嗎？」

「他怎麼會喝這麼醉？」我愣愣地轉向宋凱傑。

「我沒能阻止他。」後者對我露出無奈。

說實話，我十分意外會看見他們兩個在一起。他們算是科系不同，年齡也有差，以前也沒見過他們混在一塊。

「在熙，你喝醉了，醒醒。」徐在熙抓著我很用力，我拍了拍他的臉頰，然而他的黑眸泛著一層霧氣，整個人東倒西歪，好幾次拽著我就差點跌倒。

「反正這樣抱妳，妳也不會有任何感覺，那就讓我抱一下。」他將頭靠上我的肩膀，像

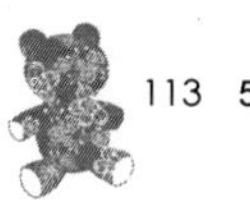

個孩子一樣，他緊緊抱住我，「在我鬆手之前，哪裡都不要走。」

「別這樣，徐在熙！」

我被他牢牢禁錮在懷裡，抬高脖子，幾乎不能呼吸。我朝宋凱傑拋了一個求救的眼神。

他趕緊伸手將徐在熙架開，兩人踉蹌退了幾步，我看見徐在熙彎腰對著排水溝一陣嘔吐不止。

這也喝太醉了吧！

「他發生什麼事了？怎麼會突然喝成這樣？」我走了上前想要關心。

「在熙喝醉了。」宋凱傑忽而態度轉變，整個人擋在我面前，「那傢伙如果等等發酒瘋很醜，妳不要看。」

眼看徐在熙蹲下去吐就沒有再站起來，這樣不行……

「我去找學姊幫忙。」

「學妹。」宋凱傑一把抓住我的手臂，「妳不要管。」

他的眼眉宇之間有一股疏離感，似乎試圖要拉開我與他們距離。

「你自己一個人怎麼有辦法扛得動他？反正在熙和學姊住一起，我去叫她一聲。」我有些著急。

以前我曾親眼看過一個朋友醉倒在自己的嘔吐物裡，那噁心不說，旁邊的人也很困擾。

宋凱傑握住我的手的力道加重，語調沉了些，「妳如果真心不要喜歡他，那妳就不要管

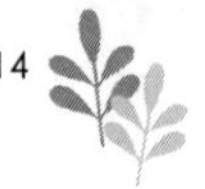

他。」

「這和喜不喜歡沒關係，我去找學姊。」用力甩開他的手，我頭也不回疾步跑回餐廳。

徐在熙發酒瘋有多瘋，我沒親眼看見。等我把徐在好找出來幫忙時，宋凱傑和徐在熙已經不見人影。

出乎我意料的還有，徐在好似乎對他二哥喝醉的事感到丟臉而生氣，儘管在門口沒看見人影，她立刻攔了輛計程車揚長而去。

對著空蕩的夜色發愣，我連打了好幾通電話給徐在熙，但都轉入語音信箱。

「何小姐，妳的包裹。」乘著寂涼的夜色返家，櫃檯的管理員一看見我便喊住我。

我輕快走了上前，視線掃過紙箱上的貼條，又是Vincent寄來的養生食品，這次字條上註記的項目除了人蔘雞還有紅棗湯調理包。

接過管理員遞來的原子筆，簽名過後。我將紙箱上的貼條撕了起來，向管理員要了便條紙，重新寫了幾個字之後，我把便條紙貼回露出膠痕的地方。

「明天會有一個人叫徐在熙過來，再麻煩你幫我拿給他。」將紙筆連帶紙箱一併推回去給管理員，我笑臉盈盈道。

我這就還了上次借花獻佛的債，讓他補補身子。

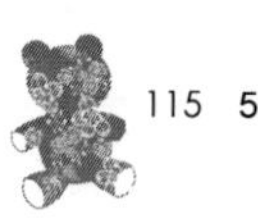

聽聞周末我要回家一趟。姊姊原本打算也和我回去，無奈幼稚園正好假日辦活動，只好作罷，但倒是貼心的幫我打包行李。

姊姊大學的時候是戲劇社的社員，對於我們這次的微電影拍攝也是興致勃勃，雖然不能實際參與，但也給了我們很多實際的參考意見。

短劇中有幾幕在畫廊拍攝，我在敲定劇本後，就已經有合適的地點選擇。

今天，原定只是先進行場勘，但因為戲中大部分的場景還是在校園，需要畫廊的畫面不多，經討論過後，我們連方靜妍和陳思昱也一併找來。

一大清早，姊姊趁幼稚園活動開始前的空檔，騎車載我到了客運站。

十月份的太陽依舊毒辣，我瞇著眼看了看無雲，晴空萬里的藍天，耳邊如晨風輕拂而過的柔軟話語。

「如果劇本或是拍攝上有我能幫忙的問題，不用吝嗇打電話給我。」做了個打電話的動作，姊姊千叮嚀萬交代之後，才騎車離開。

目送著姊姊的身影消失之後，我退回陰涼處。

「妳姊真好。」韓佳儀走了過來，面帶著羨慕。

她今天戴了一副太陽眼鏡，黑色的鏡面上映著我的身影，乾淨的面容因為炎熱的天氣有些通紅。

我左顧右盼，看見了從遠處前來的方靜妍和陳思昱，她旋即拉著我前去和兩人會合。

抵達新竹的時候，媽媽已經站在客運站外等我們，她提前租了輛廂型車，專車把所有人送去畫廊。

我家就在畫廊旁邊，一棟三房兩廳的小洋房。

韓佳儀還有方靜妍和我擠一間房間，宋凱傑和陳思昱睡姊姊的房間，媽媽已經先幫我們把床鋪好了，連房間也都打掃乾淨。

事先不知道我家經營畫廊，得知真相後，宋凱傑瞇著眼問道：「學妹，你該不會是趁機想幫你們家的畫廊打廣告吧？」

「學長你怎麼可以這樣說。」我用手肘推了推他，唇角幅度卻出賣了我的心情，「當然要趁機幫自家打廣告呀！」

「薇薇，妳說實話。」把行李丟到我房間，韓佳儀從後方勾住我的脖子，「妳媽塞給妳多少錢？」

「說什麼啊？自家人才不談錢。」我用一根手指頭把她從我身上推開。

因為時間緊湊，只有短短兩天，除了一放下東西，就不知道跑去哪裡約會的陳思昱和方靜妍兩人外，其餘的兩人隨著我先去參觀畫廊。

大致晃了一圈畫廊內部後，韓佳儀和宋凱傑就跑到外部參觀。

我對於外部構造和布景早就熟到可以閉著眼睛走也不怕撞到，於是就留在畫廊裡看畫，

「媽，現在展覽的主題是什麼？」

我順手拿起桌上的一張傳單，十一月份主要展出懷舊畫家的畫作，從月初到現在畫廊輪流展示已故名畫家的藝術品。

媽媽正在整理櫃台上的索引資料，頭也不抬的說道：「最近我們展一些老作品，這週是鄭畫家的畫。」

「鄭畫家？」聽見這三個字，我有幾分詫異，「妳不是說不會賣鄭畫家的畫嗎？」

「誰說我要賣了。」媽媽稍稍抬起視線，笑得無奈，「朋友的畫，我不會賣。只是好作品藏起來多可惜。」

「真的？」

放下手上的東西，媽媽戳了戳我的額頭，「我跟妳保證。妳好久沒來了，去看看畫吧，妳以前不是最喜歡她的油畫作品？」

「妳也把《茶樹下的青年》展出來了？」

「那幅畫好幾年沒展了，聽妳要回來，我就把它拿出來。」媽媽眨眨眼，微笑道：「還記得還在舊家的時候，瑞祺和妳還有社區裡的一個小男生特別喜歡這幅畫，現在都忘了那男孩叫什麼了。」

歪著頭，全心都飛到畫上面了，哪有心思想，我隨便答到：「忘了，那時候爸爸還在醫院，好像在病房認識的，說喜歡畫，所以也找他來看。」

「妳爸啊，要是他現在知道你們都長這麼大，想必很欣慰。」媽媽自言自語說道：「快

去看畫吧！晚上社區消毒，今天會早點關閉。」

「我拍照要跟姊姊炫耀！」驚喜萬分，我跑進展示區。

鄭畫家是媽媽的從小一起長大，交情很要好的朋友。鄭畫家很小的時候就對美術有很高的天分，而媽媽很有商業頭腦，她們說好了，以後一個負責畫圖，一個負責賣畫。

後來媽媽果真靠自己的能力開了一間畫廊，那時鄭畫家從海外寄來了一組畫，展出當日，鄭畫家還有親臨會場，但在那之後，忽然就斷了音訊，直到現在都沒有任何下文。

媽媽不常把鄭畫家的畫掛出來，據說每次展出的時候，都有很多人出高價要買下，但媽媽堅持這是非賣品，就連後來爸爸被倒會，然後發生事故過世，留下一屁股的債，哪怕是在當時只要賣掉一幅鄭畫家的畫，就能還清債務，她也不賣。

「我想買這幅畫。」偏低的嗓音晃過我的心弦。

畫廊裡工作的工讀生細細地說道：「不好意思，這畫家的畫，我們老闆不賣。」

「要多少錢？」

「不論你出價多少，我們都不賣，不好意思。」工讀生再次說道，口氣更加強硬些。

追尋著聲音，抬起眼眸，我愣在原地，久久不都能移動我的目光。

任司海現在就站在那幅畫前面，剛才前來招呼的工讀生已離開，整剩下他一個人，畫廊的燈光偏鵝黃，包覆在暖黃色的光暈下，他宛若春日裡的暖陽，而此刻他的表情是我從未見過的悲傷。

《茶樹下的青年》畫得是一個躺臥在一株茂盛的茶樹下打盹的青年，整幅畫大量使用了不同的綠色，唯一不同的顏色，就只有青年那白皙透光的白皮膚。

那是一幅象徵著謊言和希望的畫。

我和他相隔著一段距離，看不清楚他是不是在哭，只見他寬大的肩膀輕顫，在這不大的油畫面前，他的身影忽而渺小。

想打擾或是惡作劇的心情蕩然無存，繞出畫廊前，經過資訊平台時，我停下來拿了本這期的畫展介紹索引小冊才離開。

任司海像是無預警吹過花田的微風，降臨的悄然無息，短暫停留，又不著痕跡的消逝。

我沒有和他相認，回過頭看見專心在使用電腦的媽媽，想來任司海的出現，只是個舉無輕重的插曲，我便誰也沒說，在他離開那幅畫之前，我倉皇從後門跑去，和韓佳儀他們在後庭院會合。

提早場勘完畢，預計隔日一早就開拍，大夥早早熄燈上床。

隔日早晨，一陣響亮的敲門聲把我吵醒，睜開眼，我看見睡在旁邊的韓佳儀和方靜妍不見蹤影，連打了兩個呵欠，我拖著沉重的步伐，邊應聲邊走向門邊。

睡眼惺忪地打開房門，撞見來者，睡意瞬間湮滅，我愕然。

「徐，徐在熙？」

韓佳儀剛從浴室出來，躺回我床上敷面膜，聽見耳熟的名字，猛地從床上爬了起來，朝我問道：「薇薇，妳說誰來了？」

「我！」握住門把輕輕一推，徐在熙代替我出聲，他側身從我旁邊擠了進去，細長的桃花眼瞇成一個半弧形，「佳儀，好久不見。」

韓佳儀倉促的回應了他的招呼後，壓著臉上的面膜，飛奔回去浴室。

瞪著把別人房間當成自己房間，自在縮進被窩裡的徐在熙，我雙手交疊放在胸口，「你怎麼會出現在這裡？啊不對不對，出去啦！」

這不是有礙觀瞻的問題，這是男女授受不親的問題！

全身嚴嚴實實的包裹近我的小熊被子裡，他嘟囔道：「我為什麼要出去，你們不用顧慮我，隨意做妳們想做的事。」

「你在這裡，我們要怎麼自在做事啊！」

「我會很安靜的在這裡當個不會動的屍體。」他雙手交疊呈現X行放在胸前，神情安然，「啊，不用叫我吃早餐。」

「出去啦！」

他已經閉上眼睛，聽見我的話，睜開一隻眼，指著我說道：「妳沒化妝。」

「我剛睡醒，你就突然跑出來，我連睡衣都還沒換！」

「妳這樣子也好看，我喜歡。」

「你快出去。」

「薇薇妳好吵，我以前還不是也在妳房間睡過。」他邊說邊翻身，背對著我，語氣慵懶，帶著一絲倦意。

「你……」說什麼睡過這麼引人遐想的話，我面紅耳赤，緊張的往浴室的方向瞄了一眼，「那次是因為你錯過末班車，我姊的房間又在重新裝潢，我才勉為其難借你房間，誰和你睡過！」我高聲反駁，越說越有欲蓋彌彰之嫌。

「我沒說那麼說啊？妳想和我睡嗎？」徐在熙咦了一聲，轉過身，睜眼看了我一眼，睡意濃厚地說：「我搭夜車過來，妳也知道我在車上沒法睡覺，好累，妳沒睡飽，可以睡我旁邊。」

越描越黑，氣急敗壞地想去拉他身上的被子，徐在熙執拗地緊抓著被子，最後開乾脆整個人抱著被子捲縮起來。

「還我！徐在熙你蓋空氣！」心急如火燎，我半膝跪在床沿使盡吃奶的力氣想拉回被子，不敵徐在熙的蠻力，我沒踩穩，整個人撲到了床上。

徐在熙驚動似睜開眼。

粹不及防的縮起脖子，仍逃不過他的視線追擊，長長的睫毛綴滿燦亮的光珠，逆光之下，天花板上的燈飾將他的身形虛化，還沒反應過來，他伸手抓住我的手臂，用力一拉，將我緊緊包覆在他的懷裡。

兩顆心跳炙烈跳動之際，身後傳來喀一聲，我脖子以下的四肢瞬間定住，僵硬的轉過頭，只見韓佳儀已經換好衣服，化好妝，一身清爽的站在浴室門口，她單手握在門把，蓬鬆秀麗的褐色捲髮，臉像是紅透的番茄一樣。

下一瞬，她遮住臉害羞地從半開的房門衝了出去。

「佳儀，妳妳妳誤會了！」用力甩開被子，我連忙追了出去。

費了三寸不爛之舌，才勉強讓韓佳儀半信半疑的保證不會把徐在熙的事隨口宣揚，也還好徐在熙出現的時間點早，沒有撞見團隊裡的其他人，這事也就蒙混帶過。

ღ

為期半天的拍攝時程，為了要捕捉最好的光線和天空，從早上七點開始，持續到了下午三點，中途停了兩次休息和補妝時間。

媽媽體貼的為我們暫停營業畫廊一天，還叫來畫廊工作的工讀生也一起來幫忙。畫廊這段是微電影的開頭，主要是女主角在看畫的時候，巧遇了兒時的初戀對象，而他們一起看得那幅畫就是梅菲斯特和浮士德的畫像。

浮士德畫像正是我最後選擇自家畫廊的原因之一，雖然靠電腦技術後製上去也可以，但幾年前媽媽購置的一批畫像裡正好一系列是以西洋宗教神話為主題，而浮士德也列在其中，有現成的素材可用，白白浪費多可惜。

方靜妍表現得很好，充當導演的韓佳儀一喊開拍，她一秒入戲。

花了大半天的時間，終於把畫廊的部分拍攝完成。韓佳儀和宋凱傑扛著攝影器材到隔壁的員工休息區檢查影片，方靜妍和陳思昱一收工就不知道跑去哪約會。

我和剩下的人幫忙把畫廊恢復原狀，大致收拾好後，我在櫃台後方捕捉到媽媽的身影，整個早上都不見人影，聽員工說，是和畫家有約。

抓緊機會，我擠到媽媽旁邊抱怨道：「媽，妳早上怎麼讓在熙跑進我房間？」

「在熙一大早就跑過來，他要採訪我們簽約的畫師，我看他很累的樣子，就讓他上去睡一下。」

「那也不能讓他跑到我房間啊！」

「裡面他就只認識妳，總不能叫他跑進兩個不認識的男生房間裡吧？而且你們以前也一起住過一陣子。」媽媽笑著說道。

徐在熙和我家人可熟了，以前我和他交往的時候，他如果放長假來新竹找我，就會暫時借住我家，有一年寒假，他打包行李借居了整整一個月。

可是此一時非彼一時。

我猛搖頭抗議，「那時候也是分開房間。」

「我信任在熙，再說妳剛好也要起床了，床就借他睡一下沒關係，晚上他和你們一起回去，妳別老是和他吵架。我買了他喜歡吃的栗子燒，妳提醒我等一下拿給他。」這這這是胳膊往外伸，反了啊！我才不要給他吃，等一下找空檔偷吃掉，他吃紙袋就好。

「妳別想偷吃啊！我連妳同學的份也買了，妳要偷吃就吃他們的。」媽媽慧眼識破我內心的邪惡念頭，捲起手上的畫廊簡介輕輕打了一下我的額頭。

「知道啦！在熙呢？」我噘著嘴，語帶彆扭。

「他在畫室裡整理剛才採訪的資料。」媽媽抬起下巴比了比畫廊後方的畫室，「快去找他吧！我看妳這孩子，明明還很喜歡人家，快去吧。」

「媽，妳不要亂說啦！」急忙撇清，我頭也不回地跑進畫室。

在手受傷以前，我三天兩頭常往畫室跑，別看現在是幼保系出生的姊姊和唸德文系的我，我們姊妹倆也曾在美術上有很大的熱忱，只可惜後來我放棄畫畫，姊姊在考取大學美術系失利，轉向幼保系後，這間畫室就很少再被人使用。

推開鋁門，我預期迎面會撲上濃重的灰塵味，然而，映入眼簾卻是一片几淨窗明，連門框都一塵不染。

徐在熙背對著門口，錯落在百葉窗下的光線顯得他的身上的光芒黯淡，他穿著白襯衫，肩膀上披掛著一件運動外套，聽聞聲響，他徐徐轉過身，他清俊的臉上沾了一塊顏料，一手端著調色盤，一手舉著畫筆。

眼角不著痕跡地一抽，我嗤笑了一聲，「你用畫畫的方式在整理採訪資料？」

「我十分鐘前整理完了，妳想看嗎？」放下調色盤，他朝放在旁邊的公事包走去。

「不用了。」我猛力搖頭，他做了什麼事我一點都不在意。

徐在熙不以為意的聳肩，然後跳坐上了旁邊的長桌子上，燦漫的柔光灑落他的眉宇間，竟有幾分孩子氣，手上的畫筆一指，盛氣凌人地指向我，「妳乖乖去那邊坐好。」

「我不要。」這什麼使喚人的語氣。

「聽話。」寵溺的語氣裡挾著威攝，光亮如螢火的一對眼眸裡洶湧暗濤著懾人氣魄。

我瞬間被他忽明忽暗的眼神收得服服貼貼，乖乖的坐到他指定的木椅上。

滿意的點點頭，他整個人面向我對著空氣轉動畫筆，略略頷首，平整光滑的額頭沒有半點細紋，濃眉向內揪起，認真的上下掃著我看。

「你要做什麼啦？」防衛性的雙手交叉在胸前，我被他的看得渾身不自在。

一大早就看到他，就該知道不會有什麼好事發生。

輕鬆自若地從桌上跳了下來，直直走向我，我本能地縮起下巴，他向前傾身，一絲不亂的黑色短髮拂過我的面頰，我眨了眨眼，他在一面畫布前停下來。

彷彿是魔術師揭開黑布，向觀眾展示憑空出現白鴿的鳥籠，他翩翩掀開垂落在畫架上的白色布簾，露出了隱藏的另外半面畫。

我忍不住倒抽一口氣。

沒有浪漫的音樂伴奏，沒有迷眩的光影稀釋，眼底裡只有那幅畫，還有無法澆熄的滿腔傲氣，潛藏在心底屬於青春最後一線防衛，現在昭然若揭，但我還沒做好坦誠相見的準備。

「一起完成這幅畫吧。」他低低說道，惺忪的語氣流轉著讓人昏昏欲醉的溫柔，「我們一起。」

「你怎麼知道這幅畫？」咬緊牙關，我攥緊手指。

畫裡有一個以炭筆繪製的青年，他小心翼翼地捧起一隻受傷的流浪狗，臉上凝結著真誠的憂心和認真。

「我被人偷拍，我會沒感覺嗎？」他臉上布滿笑容。

那天下著大雨，高二晚自習下課，一走出校門我意外的看到徐在熙蹲在垃圾場，滂沱大雨之下，他沒有撐傘，卻解下外套替一隻後腳受傷的流浪狗張開了一片天。

那時的我們還只是普通學長和學妹關係。我心有所感觸，偷偷拿出手機拍下了一張照，後來整理照片的時候，覺得這張照片構圖不錯，於是就以照片為範本，畫了這幅畫，但還沒畫完，我就發生意外了。

這幅半成品也隨著過往的畫具塵封在一起。

「我聽伯母說妳曾經央求完成之後，把這幅畫展在畫廊上，可惜後來妳沒完成。」他從桌上的畫具中挑了一隻嶄新的畫筆輕輕放道我的手心，「妳的手沒辦法握太久，幫忙調色就好，我們一起完成吧。」

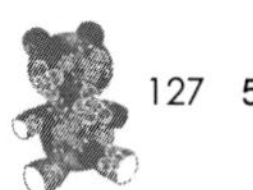

「你要畫便自己畫吧。」我僵硬地擠出一點笑容，猛力將畫筆塞回他的手上，扭頭就走。

心煩意亂地跑出畫室，我漫無目的，隨處在街上亂逛，我在距離畫廊外幾公尺遠的市集佇足，這裡的市集是觀光勝地，每逢周日，便會有街頭畫師擺設攤位替人作畫。

裡面有不少畫師是媽媽的舊識，自然也認得得我。

走了一圈，我在幾位畫師姊姊攤位上蹭個座位假裝自己也是其中一員。和最後一個畫師Luna閒聊後，我不安分地又翻了翻她放在攤位販售的畫作。

畫師姊姊人很好，低著頭繼續作畫，放任我隨意翻看。

我盯著畫作，一面發問，語氣盡可能若無其事，「姊姊，我問妳喔？」

Luna臉上掛著淺笑，朝我點了下頭。

清清喉嚨，我放大膽問：「如果有一個人沒有任何理由突然頻繁出現在另一個人的身邊，那是為什麼？」

「怎麼會沒理由呢？這肯定是因為喜歡上了。」

「可是如果那兩個人之前都沒有交集呢？」

「那一見鍾情唄！又或者是他們早就有交集了，只是其中一個人知道，另一個人沒察覺。」

「另一個人沒察覺。」我重複她的話。

「這不容易，畢竟面對愛情，總有人特別遲鈍，不過這不要緊，當妳無法確定的時候，妳的心會先出賣妳。」

午後的斜陽打在遮陽傘上，透著帆布上的花紋，形成淺淺葉片型影子倒印在她的臉上，手臂上和寬鬆素色棉裙，暈染出一種簡約素雅的格調，她的話在我的心裡拓印出一個半淺不深的印記。

伸手撩起風中張狂的髮絲，她的話讓我想起了一事，「這世界真的有人會愛另一個人，彷彿他的生活重心只剩下愛情嗎？」

稍微一頓，她思索後才回答：「熱戀期的時候，有可能。」

我訕訕一笑，「那如果不是呢？」

「若說是父母愛自己的孩子，不論孩子成長多大，那種父母的愛稱得上是無堅不催，但如果這世界真有人愛妳如生命，那只有三種可能。」幫畫上的少女紅唇補上一筆陰影，她放下畫筆，側過眼神看著我。

我緊張的吞了口口水。

Luna給人的感覺和她的名字一樣，柔弱卻又散發著神祕氣息。

「他是變態、妄想症病患或騙子，妳要小心一點！二，他的生命將盡；三呢……」慢條斯理的徐徐道來，明媚的眼眸染上一層光彩，「他的人生一定很單調，八成還是有錢沒處花的有錢人又中電視劇毒很深，所以才能這樣心無旁騖地專情。」

我失笑，她也不符合形象的灑脫笑著，「也許這世界真有這樣一人存在，不帶任何目的和心機，全心全意的愛著另一個人。」

「可是很少。」

「很少。最難得是妳情我願，更何況是把愛情都看做性命。」Luna接著我的話說，「我和Sun也沒有愛到連日常作息都不管不顧，畢竟不管是我還是他，人生中都還有更重要的事要做。」

喜歡是循序漸進，可以擺在第一順位，當深愛一個人的時候，會銘刻入骨髓，雋永入血脈，與自己的心跳相隨，可以相知相惜，默契如共生，但那不代表就是全部。

告別街頭畫師，我再度回到畫室。

令人意外的是，那幅畫再度用防塵布蓋了起來。

寬敞明亮的畫室裡空無一人，我忍不住在心裡嘀咕，還說什麼要畫畫，八成是拿畫要來引我的注意，失敗了所以改成另行他招。

注意到披在入口處衣架上的外套，還有尚未乾涸的水彩顏料，他還未走遠。

穿梭在曾經熟悉的畫室裡，記憶裡最後砸碎的畫架、陶罐和失控毀壞的畫作已埋葬時光迴廊，只見遍室的白布精心遮掩一個接著一個的畫作，就像是身在迷宮一般，環繞四面的落地窗折射著晶亮的自然光線，白布綴滿了雪白光珠，我晃過一個接著一個遮蓋起來的畫架，就像在小心閃避著每塊掩藏的記憶碎片，與過去玩著捉迷藏。

閃爍著寶石般白色布簾隨著一陣風揚起，我瞧見若隱若現的畫布一角，內心某個開關倏地觸動，我一步向前，猛然拉開白布，狂風又起，擱置在周圍的素描紙禁不住大風，一張白紙隨著四周氣旋流動掀起，遮住我的視線，然後慢慢落下

晃蕩的畫面逐漸清晰，我緩緩抬起眼眸。

「徐在……」我閉上嘴巴。

躲藏在畫室的深處，徐在熙偏著頭半躺臥在一張淺色涼椅上，正在閉目養神，自然光線下，他解開了領口鈕扣，底下鎖骨線條分明，立體的五官如刀刻般清俊，安詳的面容宛如剛剝殼的水煮蛋一樣白淨，唯獨眉角上多了抹醒目的藍色顏料。

心如止水，先前的心煩意亂捻熄。

我有些懵然，原來，他才是引起我心情躁亂的元兇。

矮身向前，拉出半截外套袖子代替毛巾擦去他額間的顏料。

眼角餘光掠過，我看見他的手握著一個空水杯，另一手攥緊著一個藥袋，腦袋一頓，我抓著藥袋的手指更加用力，疑惑地加重力道，驀然掌心一空，停放在他額前的手迅速被騰出另一隻手去扯藥袋，鐵打的徐在熙怎麼會生病？

拽了下來。

「妳怎麼又回來了？」

心一驚，對上一雙審視的目光，我不自在的想把手抽離，「我拿栗子燒給你。」

剛經過櫃檯時，我看見媽媽買了小點心放在那裡，我就拿了一包過來。

「放著就好。」清淡如流水的語氣，少見的疏離和淡然，雙眼一閉，明寫著下逐客令。

心底裡湧現強烈的不安。

「我媽偏心只有買你的，一起吃嘛。」

「我的妳拿去吃吧。」

我不顧涼椅只夠一個人坐，我自個兒擠到他身邊，他差點從椅子上掉下去，處變不驚的溫吞神情似有些微變化，但仍看不出半點溫涼。

「生氣了？」

他波瀾不驚的看了我一眼，抿著唇沒有說話。

「剛才我不該那樣兇你，對不起。我只是看到畫，都會過度反應，我不是針對你發火的。」我側坐在涼椅邊緣，轉過頭對他說。

「我不會放在心上。」

盯著他毫無起伏的臉，保險起見，我抬起手，放到他的額頭上，滾燙的熱度隔著肌膚傳來，我一詫，「徐在熙你發燒了？」

「嗯。」他臉上喜怒不定，總算沒再繼續敷衍，「薇薇，我想睡覺，妳等等再跟我說話。」

自從入秋之後，天氣早晚溫差大，他昨天趕夜車，還沒休息夠，今日早上又要跑採訪，

聽說很多企業對待實習生簡直比行軍還嚴苛，這陣子每隔幾天再看他，他就清瘦一分。

「在熙。」我搖搖他，「雖然實習很重要，可是如果太累的話，你就不要做了，你爸會諒解你的。」

想起上次在晚宴上看到他爸爸，他們僵持的父子關係，十之八九還是因為實習的事，做父母的當然不會想看到自己的孩子操累成這樣。

他沒有睜眼，意識模糊的回應了一句，「什麼重要？沒有人比妳重要……」

收回好氣又好笑的心情，我輕輕撫上了他的髮間，喃喃：「在熙，我不重要……你不要喜歡我，這樣我會心動。」

我會忍不住想對你好。

無視和移情是我對他，最輕微的懲罰，他若真喜歡我，怎麼會在中途鬆手？那時我只不過是無心說出初戀的事，他便輕易答應和我分手，之後甚至還杳無音訊，不聞不問的消失了三個月，然後現在突然又說喜歡我。

一個人真的可以這麼反覆無常嗎？那邵禹安怎麼辦？

我花了三個月的時間說服自己，至少我孑然一身，能坦然與任司海重逢。哪怕我沒有資格喜歡上任司海，哪怕徐在熙的好越加肆無忌憚，現在我還不想輕易原諒他。

6

「這一格空格麻煩Lili回答。」

恍惚之間，我聽見教授叫我的名字。

坐在我隔壁的清雅推了我一把，我才驚醒過來。略尷尬地扯開笑容，拖著課本，我忐忑地站了起來，坐在我隔壁的韓佳儀看出我從剛才就心不在焉，所幸好人當到底，用嘴型提示我答案。

德文發音本來就不容易，她德文好，答案從她口中簡直像是子彈飛出來的速度。等Ich單字剛跑進我的耳裡，她已經把句子完成了。

我愣了愣，韓佳儀見狀，不厭其煩又以同樣的速度重複一次。

「Ich habe ..... von der ..... uni Beishin das..... stadium.」艱難地對著嘴型唸完答案，我的額頭已爬滿斗大的汗珠。

好在教授對於我的心虛沒有特別指責，糾正了我的發音後，她轉身繼續點名同學回答。鬆了一口氣，我重新坐回位置。託了教授的福，我澈底從昏沉中醒過來。抓起桌上的講義，趕緊對上課程進度。

韓佳儀湊了上來，「難得看見妳精神這麼差，和徐在熙吵架？」

我的臉瞬間垮掉，「提他幹嘛？」

「妳從新竹回來的時候，不是天天都在擔心他？」

「誰擔心他了。」我撇撇嘴，「誰叫他偏偏要在我面前生病，無聲無息的生病多好。」

徐在熙回來後住院了一個禮拜，現在還被勒令在家休養，我耳根子和周圍難得能圖個清靜，多好。

剩下幾十分鐘的課，教授提前結束讓我們做作業。

但還在課堂，韓佳儀不想引起教授和其他人的注意，她壓低音量，「我剛聽人說徐在熙出現在自學樓一樓。」

「真假！待會下課我去罵他。」

連他實習單位都鬆口准假讓他休養了，不好好養病，在外面到處跑這太可惡了，需要教訓一下。

韓佳儀打趣地看了我一眼，「我亂說的啦。在好學姊剛傳訊息說，她要監督他哥回診，所以這次開會就不出席。」

「我知道了。」我笑得無奈，洞悉她話中的玄機，機伶地跳過她的話：「兩個禮拜後就要期中考，下一週拍攝要不先暫停，兩個演員也要唸書？」

要是再繼續圍繞在徐在熙的話題上，那簡直是自找麻煩，說不準對話最後又會繞回我身上。

韓佳儀敲了敲桌面，暗自忖度後點頭：「只剩下兩幕要拍，這周末拍完就先休息。我再傳訊跟其他人說。」

多虧韓佳儀和宋凱傑雙方都有認識有製片經驗的朋友，微電影的製作比起預期的還要順利，我除了劇本和機動性工作，其餘的事都不勞我費心。

上午的課程結束之後，我們前往會議室參與新聞部例行會議。

這次的會議徐在妤缺席，由游靜敏代理。

條列整齊的板書，條理分明的主持，儘管只是代理人，游靜敏指揮下的會議順利進行，一絲不亂，甚至比徐在妤在場時，她更能掌握全場步調。

自從十月份的校刊出事後，為避免以後再出現類似的狀況，現在開會次數加場，發布時間更動，發布校刊前一小時，部員需三分之一到場做最後一次確認。

不知道是不是心理作用，會議期間，偶爾我和游靜敏視線交錯，兩道冰冷的視線彷彿無聲無息地激起了一束冷光。

開會結束後，禁不起韓佳儀的連哄帶騙，我在她的視線之下，打了電話給徐在熙。

我睨了韓佳儀一眼，後者堵在會議室出口，後方還有一整串等著離開的同學，我不得以照著劇本進行：「在熙，你看完醫生了嗎？在好學姊還在你旁邊嗎？我和佳儀有東西要拿給她。」

電話通了之後，我一口氣把話全部拋出，韓佳儀雖有些不滿意，但還是退後，讓出一個

空間，疏散身後的排隊人潮。

我伺機想鑽縫隙出去，卻被她用蠻力推到了角落，眼神示意著我不準掛電話，舉起另一隻手作勢要抗議，卻是抗議無效手機還在通話中，卻只聽見一片冗長的呼吸聲。

「在熙你有聽到嗎？」保險起見，我又把剛才的話重複了一遍。

這次，最後一句話還沒完成，一個富有磁性的沉穩嗓音切入，「我有在聽，妳就是何筱薇嗎？」

我石化在原地。

不符合預期的聲音，單調不失風度的儒雅嗓音，腦中有好幾個齒輪快速轉動，我認得這個聲音，但一時之間長相和聲音對不上。

須臾，沒等到我回答，對方再度開口：「我是在熙的哥哥，徐亦新。」

還沒做好心理準備，就聽見答案，停頓了一會，我才問道：「在熙的手機怎麼是你接的？」

「在熙他現在不方便聽電話。」

「喔，那我剛剛說的話……」有些無措地說道。

「我正要出去，妳們在學校嗎？我去拿妳們要轉交給在好的東西。」淡雅的嗓音背後隱約傳來汽車發動的聲音。

我快速瞪了韓佳儀一眼，連忙說道：「沒關係，不是什麼要緊的東西，我們明天再拿給她就好。」

根本就沒有東西，這都是某人的故弄玄虛伎倆。

「好，那我待會見到在好，會再跟她說一聲。」

「麻煩了。」

「怎麼樣？剛剛那個人不是在熙嗎？」見我放下手機，韓佳儀躍了過來，一把勾住我的肩膀。

我哀怨地瞥向她：「在熙好像不方便接電話，是他哥接的，人家會跟學姊說我們有東西要轉接給她，明天學姊問妳，妳自己想辦法！」

韓佳儀不減雀躍，似不在意，「這簡單，就說是妳就好了。」

我聽出話中的玄機，幾分氣惱，飛撲上去，以示抗議。

翌日早晨。

白色方形電子時鐘顯示早上七點二十分。

輕快活潑的音樂流淌在朝氣肆意的室內。水藍色的窗簾兩側整齊地摺疊在窗框上，外頭明媚陽光像是金黃瀑布傾瀉而入室內，新買的陶瓷鍋上煎得金黃的荷包蛋和火腿片滋滋作

響，下一秒兩片酥黃的吐司片從土司機裡彈跳出來。

從餐具櫃裡拿出橙紅兩色盤子和同色的馬克杯，匆忙放到餐桌上，我又跑回廚房，臂彎夾著一個鐵盤，手忙腳亂地熄火，並把火腿和荷包蛋夾到鐵盤上。

「好香。薇薇妳在做早餐嗎？」雙手高舉在後腦勺，姊姊一邊將短髮紮成小馬尾，一邊走進廚房。

白皙完美鵝蛋型的臉上，透著一股輕靈氣息，桃腮帶笑，姊姊臉上有幾分驚喜，綁完頭髮，她打開冰箱，拿出一盒鮮奶。

「對呀！今天比較早起，想到昨天在網路上看到別人推薦早餐的食譜，想說還有時間來試試。」忙不迭地往吐司單面塗上美乃滋，我回眸說道：「姊姊，妳先去餐桌等，我快做好了。」

搖晃手上的牛奶，姊姊笑了笑，「不用了。我得走了，上班路上我再買早餐吃。」

「可是，我做了兩份耶！」

吐司機正在烤另外兩片吐司，煎鍋上也放在了另外一顆蛋和火腿，早早先準備好的生菜和黃瓜也是切好的兩人份。

姊姊面露苦思，隨即開朗說道：「七點半的時候，阿海會拿東西過來，妳給他吃吧。」

「昨天他有說要拿東西過來。這麼早就過來？」

「他有說時間，妳大概忘了。」莞爾，姊姊喝光牛奶，順手將空紙盒放進流理台，「我

走囉！今天幼稚園有活動，會晚點回家。晚餐我會叫阿海帶妳去吃，別太晚回來！」

「知道了，晚上見。」努力調整面部肌肉，不讓喜悅之情過分張狂，我用力咬住口內，微笑向姊姊道別。

揮揮手，姊姊穿上外套，背上背包，抓起鑰匙，便匆忙離家。

轉回廚房，我火速將兩份三明治包好，拉開抽屜，從裡頭拿出先前買好的漂亮包裝紙和裝飾花，用包裝紙將三明治包覆，貼上裝飾花，照著在網路上看到的早餐店Menu上的圖片，擺盤上桌。

時間剛剛好，清脆的門鈴聲響起。

來了！我用圍裙擦擦手，用手指從吐司側邊沾了一美乃滋抹，然後塗抹到臉頰，深深呼吸，心花怒放地跑向大門。

下一秒，我如斷線的木偶僵立在原地。

壓低的黑色帽簷緩緩抬起，彷彿是精雕細琢般無瑕的臉蛋，微微向中心彎起的一雙劍眉底下連著深邃絕美的眼，柔情似水。

黑色鴨舌帽下，一張絕美俊俏的臉蛋瞇著眼對我笑道，「早安！」

「尹，尹鉉禹？你怎麼會在這裡？」

「妳都沒有回我訊息，所以我只好趁早上一點空檔過來。」好看的濃眉大眼泛著無辜的水氣。

看著他的臉，我的腦袋都無法正常運作。

「我大概一忙就忘了回覆，不過你怎麼知道我家？」

他瞇著眼睛笑著，「妳忘了嗎？上次我讓Vincent寄補品給妳的時候，他幫我查的。」

我恍然大悟，但擱在心頭上的另一個問題又冒了出來。

「你到底為什麼要這樣對我？還說了要當……啊反正為什麼？」無法心平氣和地說出男朋友三個字，我胡亂結束問句。

「這不是妳的願望嗎？」

他在說什麼？這是廣大女粉絲的願望吧？可是很可惜，我不是他的粉絲啊。

不管不管，「你是聖誕老人嗎？別人許什麼願望，就實現什麼。」

「話也不是這麼說，只有妳比較特別，所以我才答應。」

我哭笑不得，「你說什麼？」

「老實說，我有點意外，妳竟然——」掀起單薄的嘴唇，正想繼續解釋，叮一聲，身旁電梯在六樓停下。

聞聲，尹鉉禹機警地低下頭，並將原先拉到下巴邊緣的口罩迅速拉上。

電梯門向兩側滑開，沁涼的冷氣透過門縫竄了出來，任司海出現在電梯口，他似漫不精心，起初沒注意到門外的我們，雙臂環抱著一個紙箱徐徐走了出來，視線轉向我的住所時，不由一詫。

「筱薇？妳怎麼先出來了？」他先看見我，深邃的目光漆滿了溫柔。

他穿著一件黑色短T-Shirt和藍色仔褲，腳上套著休閒布鞋，一身居家休閒打扮削減了不少他渾然天成的距離感。

如果沒有尹鉉禹在場，這個時候，我會照著劇本，假裝不小心跌倒，製造和他肢體接觸的機會。

可惜，終究是人算不如天算。

任司海走了過來，才發現尹鉉禹，他冷聲問道：「你是誰？」

尷尬快速蔓延擴散在空氣間。

假裝肚子痛，還是丟下兩人逃跑？兩個好像都不太對。

腦中還沒擬定出一個對策，尹鉉宇先有動作，只見他眸中一閃而過慌亂，但隨即又恢復從容不迫，「我是何同學的朋友。」

隱含著訊問意味，任司海瞥了我一眼，又望向尹鉉禹，「筱薇看起來不認識你，把口罩拿下來。」

後者向後退了一步，神情有些無措。

「老師，他……」開口正想解釋。

忽然，清純甜美的嗓音急速冷卻了現場劍拔弩張般的氣氛。放在圍裙口袋的手機響起。

「你們稍等一下。」

連對方是誰都沒確認，我在第二句歌詞結束以前接起電話。

「薇薇，妳知道我給妳帶了什麼來嗎？」手機的另一端傳來興高采烈的嗓音。這個時間聽到有人用高興到要飛上天的語氣說話，真是幫了大忙啊。

我吞了吞口水，瞪著前方兩個男人，我不打草稿地說謊道：「讓你白跑一趟了，我現在不在家。」

對方輕輕笑了笑，帶著無奈道：「別騙我了。妳哪次說謊騙得過我，而且我有妳家鑰匙。」

握著手機的手一僵，腦袋炸了一個響雷，我緩緩把手機放下，旋過身轉向樓梯間，剛才我聽見的聲音不止一個。

「妳有聽見我說話嗎——」困惑的聲音在我的目光對上一個從轉角處緩緩出現的身影的瞬間，嘎然而止。

徐在熙單肩夾著手機，嘴角還持著上揚的弧度，抬起頭撞見門前的我們三人，他愣在原地，面色一瞬間失去了顏色。

「……薇薇？」

腦中還沒擬定出一個對策，徐在熙先有動作，他飛快把我踐到後方，面對面貼近到任司海和尹鉉禹面前，像是在確認自己是不是在作夢。

「你們和薇薇是什麼關係？」笑容稍微一僵，他毫不掩飾地皺起眉頭。

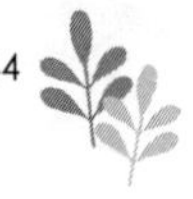

我能感覺到徐在熙的視線裡隱含著深意。

「什麼關係也沒有。」我們異口同聲說道。

逐漸冷卻的廚房再次開張，伴隨著食物香和咖啡香，相較之下，凝重和緊繃的氛圍如餘煙裊裊縈繞著整間屋子。

反覆深呼吸，藉口穿梭在廚房和餐桌間，就是不肯冒險讓自己攪和進無盡的荒唐泥淖。夢想中的早餐時光，實際上簡直像是在打仗一樣。

我想我需要釐清一下眼下的狀況——

任司海反客為主，欣長的身影穩重如山坐在長桌的主人座位，一一介紹各自的身分，各自的座位前都放了一份早餐，卻無人先有動作。

額間沁出汗珠，我按顏色深淺排列餐桌旁的調味罐，打散又重新排一遍，不著痕跡地輕瞥向在座的三人。

我們四個人的關係都不夠好，還不到能和樂融融吃一頓飯的關係。尹鉉禹的神情是所有人裡最不自在。

徐在熙波瀾不驚，眉間似有一貫的慵懶舒倦，眸光暈染著涼薄，像是壟罩在萬里陰霾，讀不出情緒。只是臉色鐵青，可比午後雷雨前的天空，饒富審訊意味的目光在任司海和尹鉉禹身上來來回回，偶爾對上我探詢的注視，他如溫火碰上冬雪，黑眸化開一池春水，幾番觀察下來，我懷疑他都快要精神分裂了。

尹鉉禹已經摘下口罩和帽子，柔順的短髮有些扁塌，幾咎髮絲貼著白淨的臉龐，烏溜的黑眸今日沒有戴美瞳，純真中流露真性情，與另外兩人成熟的氣韻相比，尹鉉禹略顯稚氣，聰慧的眼眸卻沒有半分怯懦，偶爾會在徐在熙飄來的注目下退縮，但始終保持鎮定。

「筱薇，過來。」徐在熙低低說道，輕聲中帶著威攝。

徐在熙的目光鎖定在任司海身上，感應到我靠近，修長好看的手唰地拉開身側的椅子。看見他的動作，我這才恍然，任司海選擇長桌主人席的意義，尹鉉禹也抬手欲拉開身旁的空位，但遲了一步。

確認我坐下後，徐在熙忽而失笑，「你們不吃的話，我要開動了。」

他的話乍然碾碎風雨欲來前的凜涼，像是了魔法禁令，任司海和尹鉉禹這才伸手拿起盤子裡的三明治。我勉強咬了幾口，恰到好處的調味，擴散在空氣間的香甜，吃在嘴裡卻索然無味。

小心翼翼地瞄了眼徐在熙，精細的側臉輪廓不為所動。

平常連我耳語抱怨都能敏感察覺，現在他卻像是感官暫時性失能，遲鈍木然，連斜眼都不肯瞧我一眼。

我負氣地轉向任司海，「老師，味道還可以嗎？」

「筱薇，瑞祺還沒吃早餐，我等會打包送去給她。」任司海一雙無瀾的黑眸對上我，焦熄我滿腔期待。

他一口都沒碰，剛才大半的時間原來在用餐巾紙把三明治包好。捏了捏手上的吐司，我收起不安分的目光，轉而望向尹鉉禹，隨即撞上一片純然的眼睛。

如果硬要比喻，現場的氣氛好比一個牧場，我是主導全場的牧羊人，任司海是隻牧羊犬，徐在熙便是那匹險惡的狼，而尹鉉禹只是隻無辜的小羊。

「這是我吃過最好吃的三明治。」聲調柔柔暖暖，頰邊淺淺出現一個小酒窩，他對我眨了眨眼。

環視了一圈餐桌，他是唯一捧場並把早餐吃完的人。諷刺的是，他才是和我最沒有關係的人。

「謝謝你。」我露出一張苦瓜臉，「夠吃嗎？不夠的話，廚房還有多的食材。」

他搖晃腦袋瓜，客氣地說：「不用了。以後妳可以加黃瓜片進去，口感會更好吃，以前我哥都會這樣做給我吃。」

「我記下來了。」

尹鉉禹對吃聽起來不挑剔，甚至可以說是對食物有個人的堅持和愛好，我們有一搭沒一搭的聊，話題從三明治的配料最後跳到了豆花要不要加檸檬。

整個餐桌，竟就屬我和他的對話和氣氛最正常。

「我知道一間豆花店的檸檬豆花很好吃，下次我讓Vincent買去學校給妳吃。」說道興致高昂處，尹鉉禹神情難掩興奮。

「這麼說定了喔！」

我漸漸放鬆下來，人也感覺到一絲飢餓，趁著尹鉉禹離開到化妝室梳洗的空檔，低下頭，我咬了一口剩下的三明治。還沒來得及品嘗出味道。

「老師，你和薇薇是什麼關係？」徐在熙開口問道，風輕雲淡的口吻，實際蘊含著洶湧的暗流。

看似劃開了兩道不同渠溝，他話鋒對準著任司海，卻在出口的剎那讓餘話全噤了聲。連呼吸聲都不由自主的放淺。

任司海抬起眼眸，禮貌疏離，「我一開始介紹過了，我是她姊姊的男朋友。」

不知道是不是我多慮了，我有個不切實際的想法，徐在熙單刀直入向任司海的提問是為了我而刻意提出。

我有些無所適從，連對面回座的尹鉉禹也在瞬間閉上嘴巴。

以前曾在書上看過一句話這樣說：大人說話，小孩不要插嘴。明明我們四人年齡懸殊不大，此刻套上這句話卻毫無違和。

「瑞祺什麼時候交了男朋友竟然沒有跟我說。」徐在熙勾起一抹笑。

「我們才剛在一起不久。」任司海以淡然回應徐在熙的犀利。

「筱薇的交友關係一向乾淨明朗，什麼時候魚目混珠，不明不白的人都搭上了她。」

徐在熙的傲是爐火純青，任司海平穩不驚更勝一籌。

「我本來覺得瑞祺把筱薇教得很好，現在終於知道她的任性和脾氣，是被人帶壞的。」

餘音未散，他把三明治收進隨身背包裡，然後從座位上站了起來，「我早上有課，先出門了。」

徐在熙的問題讓我有些心驚，就怕他下一個矛頭直指向尹鉉禹，我有點怕尹鉉禹會坦蕩蕩地回應是我三個月的男朋友。

還好，我擔心的事沒有發生。

先前有採訪的一面之緣，加上開場劃清關係的時候，尹鉉禹是以訪談還有後續問題要討論，任司海走了之後，徐在熙明顯態度鬆了些，整個人健談許多，兩人聊了幾句後，他們甚至還交換了聯絡方式，熱絡的彷彿是多年好友。

尹鉉禹和任司海都走了以後，我解下圍裙，鬆了一口氣。

抬頭撞見依舊把別人家當成自己家的徐在熙，我擰起眉，「其他人都走了，你怎麼還在這裡？」

他把玩著桌上的胡椒罐，沒有搭理我，傾斜的光線暈染著他的身形，微微透著一層亮光。

「你感冒好一點嗎？昨天本來想去看你，但沒聯絡上你。那時候你的手機是你哥接的。」我一緊張就話多，「對了，你哥怎麼回來了？上次有聽到你爸說過，你們家還好嗎？真的吵架了嗎？」

一連說了一大串，口還有些乾。伸手撈杯子，卻摸了空。疑惑地找尋杯子，才發現被徐在熙緊緊握在手邊，放到了我搆不著的地方。

「薇薇，妳沒有當第三者的天分。」像是微風輕輕擦過竹葉，婉轉柔長的嗓音交疊著懾人的韻味，他露出耐人尋味的笑，竟讓我在瞬間怯懦。

這時我才發現，他的表情不似以往倦懶輕怠，俊朗的臉蛋上，清淡的眉毛微動，黑色瞳眸洶湧著危險，深刻雋永。

聲音卡在喉間，掙扎了一會，我反問：「你怎麼知道？」

他輕聲說道：「妳表現得那麼明顯。」

「是又怎麼樣？」盤腿坐上椅子，我用叉子戳了戳盤子裡的麵包屑。

他的笑容很深，卻一步一步消磨我的自信，「反正是塌得不到的愛情，妳就放棄吧。」

「你有什麼資格說我？」

「也是。」他語氣一緊，有一種特殊的溫柔，「但有我在的時候，我不會在明知妳會受傷的前提下，什麼事都不做。」

我一炸，便口不擇言道：「你是不是覺得我很可笑，甩了你之後，選擇上的那個男人竟然是我姊姊的男朋友。」

他忽地陷入沉默，像在思考，又像在克制著什麼，我看見他的眼睛紅了，彷彿下一秒就要流下血淚。

「人都會有一時糊塗的時候。」過了許久後，他用極緩慢的語速說道，像是說不動小孩子的老人最後的肺腑之言，又像是說給自己聽。

我忍不住脫口而出，「就像你和邵禹安嗎？」

「不一樣。」出乎意料，他反駁得很快，也結束得很快。

門鈴響起，我和他同時聽見門外傳來任司海低沉的聲音，說不小心把手機留在桌上。

徐在熙立刻站了起來，拉正衣領，像是撫平一身戰袍，準備好慷慨赴戰。

我跳下椅子，張開手擋住他的去路，「你說過不會阻擋我做任何事，徐在熙你變了，以前你不會這麼反覆無常。」

「或許。」他打斷我，如妖魅一般的嗓音拂上耳畔，眼底盛滿渾然天成的高傲，「薇薇，不論妳因為什麼受到傷害，我都是痛的那個人。」

「你太無理取鬧了。」我終於忍無可忍，「你不是和邵禹安在一起嗎？你已經有女朋友了，為什麼還要來糾纏我！」

「我和她的關係不是妳想的那樣。」

「你說謊。」

「我沒有說謊，我喜歡的人一直都沒有變過。」

「那你那三個月去哪了？為什麼會邵禹安會出現在你身邊？」

徐在熙安靜下來，他盯著我，黑色的眼眸裡翻攪著我看不透的情緒，半晌，他嘆了口氣。

「那三個月對妳不聞不問是我的錯。」

聽見他的話，眼淚忽然就不爭氣地落下，在我眼裡，他做的所有事都是腳踏兩條船的鐵證，他所有說過的話都是辯解。

看見我的眼淚，他慌了一下，伸手想要擦去我臉頰上的淚珠，卻被我閃開。

「薇薇，我的世界可以因為妳而很簡單，也可以因為妳濃縮到只夠一個人停等的空間，可是妳不一樣，妳會繼續前進，妳不需要我，從來都是我需要妳。即使如此，我還是忍不住貪心地希望，妳能多分一點注意力給我。」他停頓一下，好像在醞釀情緒，但嗓音和表情依舊十分平靜：「我不會對妳喜歡的人做什麼，別擔心。妳就當我是佔有慾太過強烈的前男友就好。」

他推開我的手，快步走過，在門鈴聲第二次響起之前打開門。

我明明很確定自己對任司海的心意，然而現在心裡卻多了一個聲音要我多靠近徐在熙一點。可是我不能。

ଓ

無論再怎麼難以言喻的心情，都被接連下來的期中報告和考試壓力沖刷，暫時稀釋，只剩下偶爾想起時的悵然。

緊張的拽著韓佳儀的衣服下襬，嚴肅靜默了半天，白髮碧眼的德籍老師Ingo緊抿的雙唇總算吐露出一句評價。

「Gut.」

我差點就要歡呼出來，在號稱德文魔王的Ingo親授的觀光德文課上，能拿到Gut（不錯）的評分就相當於Sehr gut（一極棒）。

前一天才發現和別組撞題，熬夜臨時改寫的報告竟然能獲得此殊！連韓佳儀也喜出望外，對著Ingo連用了好幾段浮誇的德文感謝詞，只差沒有鞠躬和擁抱。

接過寫上評論和分數的紙本報告書，韓佳儀興奮地拉著我走下台。期中報告各組報告完就能提前離開教室，在座位上確認完畢老師評分，我和她很有效率地速把桌上的紙張和雜物收進背包。

接下來，我們正好都沒課，韓佳儀提議到附近新開的甜點店。這陣子忙微電影的事和學校海量的報告，再加上應付徐在熙和尹鉉禹，已經讓我心力交瘁，這等閒涼的約會怎麼能拒絕。

得到允諾後，韓佳儀拉著我轉乘公車和捷運。交通路上，她興高采烈地和我聊起近期的喜事，歡洽的氣氛很快便驅散了近期覆蓋在心頭的烏雲。

「這間店點下午茶套餐的話，可以免費獲得塔羅占卜一次。」半張臉覆蓋在牛皮色菜單下，韓佳儀神采熠熠，纖纖玉手從底下伸了過來，比了比我後方的座位。

我側過視線，靠近櫃檯的一處座位，有一名年輕的男子面色沉著地對著同桌的一位女性比手畫腳，像是在解釋某件嚴肅的事，桌面上攤開扇形紙牌。

環視整間餐廳，有不少客人雖然各自用餐，但目光不時會飄向那名年輕男子，臉上也滲透著明顯的期盼。

「我對占卜沒什麼興趣。」我慎重地回應，然後伸手招來服務生點餐。

等服務生走遠候，韓佳儀語帶惋惜：「我點套餐。妳等一下陪我去。」

她難得沒有鼓吹我加入，我溫和一笑，算是默許。

「對了薇薇，高中同學會妳要不要去？」等餐的時間，她漫開笑意瞅著我看。

「什麼時候？」

「聖誕節那天。」

回想起去年同學會徐在熙硬要跟去，結果他一出場，好好的同學會立刻變成聯誼大會。

我聳聳肩：「我考慮一下。」

韓佳儀比了個OK的手勢，依舊興致不減，「妳還記得高中的時候，那個偷拿走妳的畫害妳沒錯過比賽，還因此出車禍的那個劉雅清嗎？」

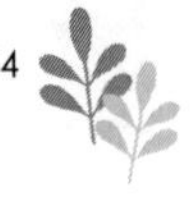

我頓了一下，才說：「記得。」

怎麼會忘呢？

「聽說她的夢想是成為演員，本來也被星探相中，結果妳手受傷之後，人家經紀公司忽然翻臉不認人，後來她投履歷，也處處碰壁。」她繪聲繪影地描述老同學近況，無視我的目瞪口呆。

良久，我慢慢吐出一句話，「看來她也滿慘的。」

「還有去年聽到妳有出席同學會，她突然就改口說有事不來。」

「肯定是真有事，這有什麼好奇怪。」

韓佳儀不死心繼續說道：「這很奇怪，我那天還在外面看到她。」

服務生陸續送來鬆餅套餐，烤得金黃色的鬆餅，芳香四溢，我往鬆餅澆淋琥珀般色澤溫潤的楓糖漿，包覆在一層糖漿下的鬆餅搭配水果，更加讓人食指大動。

「過去的事就讓它過去。」揮揮手，我笑著道：「這間店的鬆餅看來不錯。」

沒聽出我隱隱想結束話題的玄機，她暢言道：「仔細想一想，高中那時候差不多是妳和徐在熙開始交往的時間，這背後肯定有戲。」

抑揚頓挫的語氣，眉宇間飛舞著緊追不捨的侵略，頗有偵探的架式。

細細咀嚼後吞下，我不懷好意的露出笑，「大姊妳再跟我說一次徐在熙，我都快懷疑妳垂涎人家了。」

「不敢不敢。閨密的男友怎麼能搶？」搖頭的速度比什麼都快，韓佳儀未收斂，下一句話差點直接讓我吐血，「再說我已經有Christian了，在他下學期從德國回來前，我可要當個安分守己的模範女友，我就等著你們的好消息。」

「在熙他有女朋友了。」

抬了抬濃淡適宜的柳眉，韓佳儀語氣不改，「那有什麼關係，妳再把學長搶回來就好。」

「妳妳妳的道德和矜持呢？」

韓佳儀連對我猛搖三次手指，「現在很明顯妳勝算比較大，而且關於學長的新女友的事，大家都是有所耳聞，卻始終未見人影。妳怕一個有名無實的人幹嘛？」

她在質疑邵禹安的存在。

我搖頭，粉碎她的幻想，「人家是有實有名，我看過他們出現在一起過。」

之前送姊姊去機場的時候，我看到了。

送機那天，我等到姊姊搭乘的班機消失在班次列表上後，我才離開大廳，就在返回出口處的時候，我撞見了徐在熙，當時，他已經失蹤一個多月，因此，起初我以為我看錯了，於是我特地走進了一點，所以我十分確定是他。

他和一名陌生女子站在一起，當下我的視線定格在他們身上，久久不能移動。

那個人就是邵禹安啊……

所有自欺欺人的話都在那一瞬間全都轉為無聲。

他們在爭吵，遠遠地都能嗅到空氣裡參雜了濃厚的火藥味，後來徐在熙似忍無可忍，扭頭走人，而那名女子立刻衝了上去從後方環抱住他。

「可是薇薇，徐在熙是很高調的人，這次他和妳分手，甚至是邵禹安的事，這些都是妳告訴我，否則我不會知道。」韓佳儀深思過後，謹慎問道：「就算出現在一起也有可能是沒有關係的人，邵禹安是徐在熙的女朋友這件事，妳是怎麼確定的？」

我想都沒想就道：「是在好告訴我的。」

「在熙會這麼殘忍？他竟然肯透過學妹來傳達這麼重要的事？」

「佳儀，我等過他。」我語氣沉著，「如果他是真心誠意地想回來找我，那他就不該以這種方式出現。」

不論是分手隔天就消失，或是透過第三方讓一度想挽回的我死心。

徐在熙對我好，我不至於無動於衷，但他到底為什麼要以這種讓我難堪的方式回來？既然他還喜歡我，怎麼還會跟邵禹安在一起？

「好好好，我不說他了。只是我們大家對於你們會分手都很意外，在事前，可是毫無徵兆。」見氣氛有幾分劍拔弩張的洶湧，她擺擺手，中止令人不愉快的對話。

「佳儀，妳別被他騙了。」我淡淡一笑。

我們都是普通人，普通戀愛，普通活著，哪有什麼深奧的隱情。

「好好好，你們小倆口吵架，我不插手。」韓佳儀絲毫沒有被我威脅，笑著連聲說道。

「都說不是情侶！」

「我怎麼看都覺得你們不單純……咦！在好學姊也來這裡！」玩笑話說到一半，韓佳儀的注意力被引開。

我順著她的視線看去，徐在好赫然出現在店外。

隔著玻璃窗，天藍色的窗簾隨著室內的冷氣輕微波動著，窗外，徐在好走走停停，始終繞在原地走不遠，一雙視線定在遠處，明明在近處，人卻好像不在那。

正好夕陽西下，橘紅的天際，映著她一張臉紅通通，恰好掩去她一臉黯淡，她透著窗子看見我們，一對眸子忽然讀不出任何情緒，韓佳儀興奮的對她揮揮手，她也點了點頭，牽起嘴角，彷彿是倒影在水面上日光最後的弧度，稍縱即逝。

就在此刻，從玻璃窗看不見的另一側，翩然走來一名長髮女子。

「邵……禹安？」

韓佳儀聽見我突然出聲，狐疑地轉過來看我。

「邵禹安。」我指向那名女子。

柔順飄逸長髮，舉手投足間都散發著脫俗的氣質，恍惚之間，她的側影與徐在熙的側影重疊。

她就是徐在熙的正牌女友。

琥珀般光線散漫在潔白家具上，相錯的流光按著櫃子上的小物件在牆壁上映出一道一道淺色影子，乍看之下，會讓人有汙點的錯覺。

我將矮櫃上的擺設清空，移動到另一個矮櫃上。

「請幫我掛到這裡。」指揮著搬運工人把畫掛到牆壁上事先安好的掛勾。

「好，小姐妳站到旁邊一點。」

收到指令，兩名搬運工小心翼翼的抬起四七號大小的油畫兩角，並輕套進了白色掛勾。

退後了一步，確認角度沒有歪斜，兩名搬運工就離開。

兀自留在客廳打掃收拾，整理到畫前，我停下掃地的動作，退後了一步，方正的油畫豁然給客廳帶來另一種生機。

「Halo.茶樹下的青年。」我抬起手，低低對著眼前的畫說。

那天從新竹回來後，我找了個學術性的藉口，天天打電話纏著媽媽要這幅畫，後來受不了我的軟磨硬泡，她終於答應把畫借我到這學期末。

打從意外在畫廊撞見任司海的那刻，我就打算要這麼做，我不清楚鄭畫家或是這些畫和任司海有什麼關聯，不過顯而易見，這會是他的弱點。

也許能夠從任司海身上挖出什麼祕密來，我可以不擇手段利用這些畫。

我本來應該是要這樣的……但我明明想要喜歡，想要掌控的人是任司海，現在我卻變得不確定，好像先前無俚頭的曖昧越來越淡然無奇。

凝望著眼前面色始終凝結著一抹憂傷的青年，迷惘侵蝕整顆心。

「薇薇，我們回來了！」門閂拉開後，熟悉的聲音傳來。

我迅速掃過地板，趕忙將手上的掃具放回掃具櫃。

「姊姊，老師。」笑臉迎了過去。

姊姊剛脫下鞋子，正彎腰揉著痠疼的腳踝。任司海鎖上門之後，轉了過來，慢條斯理地脫下大衣，掛上衣架，深邃的五官幾乎面無表情。

套上室內拖鞋，姊姊走進客廳說：「今天下午有一個小孩子吐在我身上，我快速去清理一下，等一下我們三個人出去吃飯。」

「好。」我乖順的跟了上去幫她提包包。

路過畫幾步後，她後知後覺停下腳步，詫異回眸：「咦？這幅畫怎麼跑來這裡了？」

「我求媽給我的。」我大言說道。

姊姊一臉受不了，但依舊笑著：「妳真任性，明知媽特別珍惜鄭畫家的畫。別忘了，媽說過以後畫廊讓我繼承，這幅畫妳可別弄壞了。」

「我知道啦！」

揮揮手驅散對話，姊姊頗無奈笑了笑，但拿我一點辦法也沒有。叮囑我們不要亂跑後，她捧著一疊衣服消失在浴室門後。

姊姊一走，氣氛彷彿冰結，我耳裡只剩下胸口猛烈的心跳聲，斂下目光，斜角的視線範圍裡，任司海默不作聲地站在後方。

「老師……」倒退幾步，站到他左側，抬頭撞上他冷冽的氣韻，整個人瞬間虛弱許多。時間彷彿同呼吸一塊凝結，猝然，我聽見浴室傳來水聲。

沒有時間再磨磨蹭蹭了。

掐了一把大腿肉，我重新裝填鬥志，目光如炬，「老師，你是為了這些畫才接近我姊的吧？前段時間，我在我們家的畫廊看到你來看鄭詩敏畫家的畫展。還聽到你執意要買畫和工讀生的對話，後來我問了在那邊工作好幾年的阿姨，她說你從好幾年前只要有鄭詩敏的畫展出，就一定會出現。」

行雲流水，一口氣說了一長串話，說得我口乾舌燥，但原本壓抑的心情竟起了快感。

原來抓人小辮子就是這種感覺，難怪徐在熙總喜歡拿我的小祕密損我。

得意之情漸漸熄滅，任司海銳利的目光牢牢鎖定在畫上，彷彿要把畫看穿一樣，我的話理當挑起他心底見不得人的傷疤。

他無動於衷，又或者全神貫注在畫上，容不得半點雜音干擾。

我沉不住氣，「我直說了吧。老師你真的喜歡我姊姊嗎？你和她在一起，只是為了這些

畫吧？你和這些畫又有什麼關係？」

任司海執著於這些畫的理由竟就是什麼？而那理由竟然可以左右一個人不計任何心力和時間苦苦也要得到。

「我找鄭畫家的畫和妳沒關係。倒是妳呢？」任司海終於說話，淡漠的表情起了細微變化，側過臉盯著我，犀利的視線彷彿能洞悉人心，「妳這段時間的舉動還有和我說的話，又是為了什麼？」

我被他的氣勢逼得往後退了一步。

「筱薇，我喜歡妳。」他的下一句話，豪不留餘地的重擊我的心。

我一滯，突然組織不出合適的話或是合適的心情。

「你說什麼？」幾個呼吸之後，我終於開口，低啞沉重的聲音不像自己。

他沒有回答我前一句問題，反而朝我靠近一步，氣勢逼人，「妳聽到我的告白，感覺如何？」

我被他逼到牆角，支吾答道：「很震驚、不真實……很詭異，老師你在開玩笑嗎？」

「如果我不是在開玩笑，妳要和我交往嗎？」他的目光如獵犬般緊迫。

我忍不住倒吸一口氣，手心布滿汗珠，快要抓不住深後的木頭柱子。抿著唇，認真思索他的話，反覆咀嚼後，我勉強發出聲音。

「我……」吐出第一個字後，剩下的字詞哽在喉間，又吞了回去，張口閉口好幾回，卻依舊無法好好說話。

「三年。」

「嗯？」

「我一直找這些畫，我終於找到這批畫的下落是在三年前。」他冷聲道，忽而一笑，「你不知道在我發現我大一的家教學生就是擁有這些畫的畫廊女兒，我有多後悔當時拒絕妳的告白。」

他聲調放軟，慢慢後退，與我拉開距離，「我是為了這些畫才接近你姊姊的，如果能得到這些畫，和妳在一起也沒關係，最初我本來就沒有預設要接近妳們姊妹其中哪個誰，只是剛好那時先遇到瑞祺。」

我無法分辨突然衝上來複雜難言的心情，索性予以沉默。

他繼續說道：「我給妳餘地，是因為我相信妳只是一時糊塗，時間到了，妳就會知道回頭，現在妳踩到我的底線，以後我不會再給妳機會。」

本以為心會痛，但奇怪的是，我並不難過，其實我一直都不難過，當任司海一次又一次表達自己的心意，湍流在胸口的情緒只不過是不甘心，現在多更多的是同情。

「可是你明知道我喜歡過你，為何要捨近求遠，你大可不必等到姊姊去日本遊學，若你那時和我告白，我說不定會答應，也不必冒失敗的風險。」

他似乎覺得我的話很有趣，少見的揚起嘴角，「我沒有壞到會去破壞別人的感情。和我

不一樣，妳男朋友是很好的人。」

我微微睜大眼。原來，早在三個月前我偶然得知任司海即將回台的事以前，徐在熙已經知道任司海的存在。

靜默片刻，我嘆了口氣，「你真的不愛我姊？」

先前還態度堅定的任司海，此刻卻遲疑了足足有半晌，「我不知道。」他誠實回道。

「那妳呢？我再問妳一次，妳喜歡的人是我嗎？」深邃的黑眸凝望著我，挾著深不見底的憐惜。

「當妳無法確定的時候，妳的心會先出賣妳。」我想起Luna的話。

在聽見問句的同時，我腦中浮現了徐在熙的身影。我被內心過分清晰的答案困住，曾以為我的心意很堅決，原來並沒有。

「筱薇，並不是每段感情繞過一大圈，都會恍然原來還是原來的那個人是最好，妳不適合他。」任司海的聲音幽然穿透我如霧籠罩的耳畔。

我詫異地抬起頭，驚訝他洞悉我的想法，驚訝他的話，「什麼意思？」

「因為我是旁觀者。」他淡然說道，「所以我知道，妳繼續和他在一起，遲早有一天會後悔。」

7

西洋概論課下課，我和同學留下來詢問老師期中報告的問題，因而，耽擱了和韓佳儀的約定。

焦慮地按了下手機螢幕，在心裡默算著距離時間，我三步併做一步。

遠遠便瞧見，韓佳儀躲在陰涼處滑手機，察覺到我靠近，連忙收起手機，笑臉迎人。

「抱歉，妳等很久了嗎？」

她聳肩，語氣溫和，「我剛到沒多久，要問的問題都問完了嗎？」

「都問完了。」我連連點頭，看了眼時間，也差不多該走了，「可以走了。」

「我今天特地騎車過來，沒有停太多紅燈的話，還會早到。」領著我走向校門，她邊走邊說。

那倒是不趕時間。一路和韓佳儀天南地北的閒聊，慢慢走出外語系大樓。

走到了校門口前的岔路，我們被一大批人群擋住去入。

我和韓佳儀互看了一眼，這個時間點出現人牆也太讓人匪夷所思了吧。

放眼望去，黑壓壓的一片人頭，連頭尾都看不出在哪裡。

一看到這種人潮，我就有壓力。指腹輕輕摩娑著鏡面上的裂痕，反射性把手機緊緊攥在

手心。

「大家怎麼都聚集在這裡？」韓佳儀嘟囔道。

「沒聽說今天有活動啊……」話剛說完，我眼尖地在不遠處的中庭角落看到Vincent的身影。瞬間恍然，他會出現在這裡……代表某人也在這附近。

瞇眼往前走了幾步，更清晰的視野，只見Vincent兩手抓著兩罐運動飲料，手肘下夾著一個A4大小的黃色公文資料袋。

左顧右看，未見尹鉉禹的人影，但八九不離十是被這人潮嚇到，躲在某個地方出不來。

瞄了一眼身旁的韓佳儀，忙碌了一整天，她因為疲累反應沒有平常快，仍舊一頭霧水的定在原地。

感謝她最近忙學會和微電影的事，明星的小道消息都沒有及時upload。否則尹鉉禹會出沒的消息，她怎麼可能會錯過。

「薇薇，我看有幾個人手上有舉牌子，今天學校有外賓親臨嗎？」韓佳儀仰起脖子，努力要看清牌子上的文字。

我快一步向前，按住她的肩膀，讓她繼續固定在原地。

「怎麼了？」她警覺地問道。

「佳儀，幫我一個忙。」低聲喃道。

她今天穿了一件連帽黑夾克，我順手將她的背後的帽子拉上，用力拉低帽簷，並把帽子鬆緊帶打了一個結，把她的張臉嚴嚴實實包起來，整個過程，她都一臉莫名其妙地盯著我。

搭上她的肩，我把她轉了個方向，轉向原路。

靠上她的耳畔，我放輕音量：「我剛在教室看到尹鉉禹。」

「真的假的！」她驚呼。

拍了拍她的肩膀，我侷促地說：「他被老師另外留下來，妳現在回去，說不定還能遇到他。」

韓佳儀迷尹鉉禹的程度有多大我不能肯定，但能見上偶像一面這可是迷妹的一個夢想。不出我所料，她連遮蓋住一半視線的帽子都忘了要伸手解下，整張臉已經寫滿興奮，摩拳擦掌，蓄勢待發。

「快去，我對他沒興趣。」我看她還掛記著我，連忙揮手，「我們等一下在——」

剩下的話還沒聽完，她已經拔腿沿原路狂跑。

對不起了，佳儀。

唇角勾起，沒有片刻消停。迅速側過身，我把手拱起來放在唇邊，吸足整個肺腔的氧氣，對著人群大聲喊道：「尹鉉禹往外語系大樓的方向跑走了！那個穿黑色連帽套的人就是尹鉉禹！」

餘音未散，群眾集體暴動，尖叫和喧嘩聲四起，一時片刻間，圍堵在校門口等著見偶像一面的同學們，轉向往韓佳儀漸遠的背影跑去。

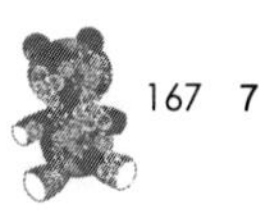

要是她們任何一人知道尹鉉禹與我的關係非比尋常，我肯定會立刻成為全民公敵。

眼看著如蜂巢瀉出的群蜂漸行漸遠，身為唯一的當事者，我咬住嘴唇，才沒讓自己因為好笑而笑出聲。

回頭重見乾爽清靜的校門口，總算明白假日姊姊總吵著我整理房間的心情。

沉默了一會，我不慌不忙地掏出手機，發了封道歉訊息給韓佳儀。推她一人引開人群，說沒有愧疚是假的。

韓佳儀現在應該已經發現自己被騙了。

「佳儀，我以後有機會再跟妳解釋。明天我請妳吃飯當賠罪！」挑了個寫著sorry字樣的貼圖，傳送。

「筱薇同學。」

緩緩從手機上抬眸，Vincent半身從角落走了出來，面色有些尷尬地對我揮手。

我對他禮貌性揮了揮手。

「謝謝你。」他慎重道謝，額頭上有明顯的汗珠，剛才的盛況讓他虛驚一場，「我陪鉉禹來處理一些學分問題，事先拜託校方保密了，也不知道哪個環節出錯，消息走漏，結果圍了一大群學生。」

「尹鉉禹呢？」

他的笑容看起來很疲倦，「已經到車上了。」

「平安到車上就好，不然我看那些人發現受騙了，說不定還會再回來，趁現在你也趕緊走吧。」

看來剛才不是尹鉉禹在躲粉絲，而是Vincent為了避免暴露自家藝人的蹤跡而刻意躲在旁邊，等待時機再離開。

聽見我話，他依舊停在原地。

我愣了愣，警惕地繞了方才人群消散的地方，發現只是一個晃子，三三兩兩又有同學聚集回來，喉嚨一緊，焦急喊道：「你要抓緊時機快走啊！」

難不成要再看我表現一次，這次沒有韓佳儀，難道要我捨身當替身了？

「妳先走吧。」Vincent抬了抬下巴，指向校門外的露天停車場，出聲示意我也跟他離開。

「為什麼我也要一起走？」

一晃眼的功夫，他已經走到我旁邊，用手上的飲料罐推了推我的背，「嗯……這樣比較不引人注目？」

這回答不就跟沒回答一樣嗎？聽起來超沒誠意，就像是臨時想到的答案。

「帶上我不會很多餘的嗎？」

而且他這麼信任我，不怕我接下來偷偷全程洩漏尹鉉禹的行蹤？

「不會。今天晚上，鉉禹只有一個行程。我可以讓妳當他的隨行助理，別讓他亂跑就好。」

他這麼熱心，我都要懷疑他表面採取不干涉策略，實際上卻是背地裡幫尹鉉禹一把，存心要讓我們湊對。

本想繼續抗議，但如螞蟻循跡聚集在甜食前，高舉著尹鉉禹字牌的人群又慢慢聚了起來。

無可奈何之下，我只好乖乖隨他回到保母車裡。

「嗨，姊姊！」

一坐上車，尹鉉禹看見我，並沒有露出太意外的表情，依舊興高采烈地和我打招呼。

我禮貌性點頭。

「下午來學校本來就順便要找妳，只是沒想到會被人發現。我剛本也想換裝下車去幫Vincent哥，正巧看到妳幫他引開人群。謝謝妳。」他對我豎起拇指，唇畔漾起微笑。

沒有看見預期的溫暖笑容，我意外在這位年輕明星臉上捕捉到一絲疲憊。

玉石一般平滑的額頭出現細小摺紋，接上紫色長髮編成小辮子垂在雪白頸後，印著華麗圖案的黑襯衫更深刻他的柔美，儘管藍眸裏著溫順的笑，優柔悲戚的霧氣似罏罩著他，濃烈不安漫開車內。

今天Vincent的車速也特別莽撞，透過車窗，我看見他連闖了好幾個黃燈，以往都維持在安全車速，現在卻是踩足了油門。

尹鉉禹的表情看起來像是需要一個人獨處，平白闖入這個空間，我感到有些不自在，東張西望，伸手扯了扯安全帶，「等等找個附近的捷運站把我放下車吧。」

我稍微加大音量，一次讓車內的兩個人都能聽見。

尹鉉禹連忙搖頭：「不，我想要妳陪我。晚上等我活動結束，我有話要跟妳說。」

「現在說不能嗎？」

他笑了笑，「還不是時候。」

氣氛有些古怪，每根神經都顫慄不已，好不容易上次因為早餐的事，我和他私底下感覺有比較親近，今日卻像是有堵無形的水泥牆豎立在中央。

「你今天看起來很不一般，以前沒看過的新造型，感覺整個人都成熟很多。」我拐彎抹腳說了一堆，但真正想說的話是：你還好嗎？

「我早上有一場節目要錄，行程趕了點，沒時間卸妝，妳不喜歡嗎？」他沒有聽出我的弦外之音，彎若弦月的細眼盪漾著溫柔，一貫好看的笑顏，扣人心弦。

「這樣也滿好看的。」我搖搖頭，「不過我還是喜歡你不帶妝自然的樣子，一整天都帶著濃妝，這樣對皮膚不好，回去我寄些護膚的面膜給你。」說完，我旋即想到他是明星，這些東西想必不缺。

他愣了一瞬，似被我難得的多話嚇了一跳，「好，謝謝。」

「別看鉉禹這樣，他上美容院的次數絕對比妳還頻繁。」默默聽著我們的對話，

Vincent忍不住插嘴道。

坐在駕駛座的Vincent難得一面開車，一面出聲和後座的我們說話，對話內容不乏都是娛樂圈的小道消息和趣事，我對這類的話題沒有太大的興趣，偶爾回應了幾句。

保母車已經離開大學附近，我轉向車窗，車子正緩緩駛進一處地下停車場。

我趴到車窗邊，暫時忘卻令人鬱結的現況，「這是哪裡？」

「是ST雜誌社的總部。」尹鉉禹也靠了上來。

英氣逼人的臉龐就湊到了我耳畔，我不由屏住呼吸，等到他往後退開之後，我才終於能呼吸，連吸了好幾口氣後，我才緩過來。

轉動方向盤，車身甩了一個半弧線後停在地下室電梯前。Vincent將排檔拉到P檔，側過身他臉上溢滿溫情，「你們先上去吧，我去停車。」

隨著尹鉉禹下車步入大樓入口。

我替他按了電梯上樓按鈕，趁著等電梯的空檔，「對不起，我想到和人已經有約了，我還是不能陪你，有什麼話，現在說一說吧。」

「是和上次在你家看到那個哥哥嗎？」尹鉉禹看了眼樓層顯示電子板，和聲問道。

「不是。」我輕笑出聲，低頭點開手機，螢幕上顯示好幾封未接來電，「是和朋友有重要的約，剛才你說有話要和我說，我正好也有話要跟你說。」

韓佳儀無故被放鴿子，現在肯定氣炸了，我就算被千刀萬剮也不足以讓她氣消。食指摩

娑著鏡面，腦中有成千上萬個想法奔騰。

「妳先說吧。」尹鉉禹打斷我的思考。

樓層數字一層一層接近B1，他的態度讓我有點措手不及，深深呼吸一口氣，我勉強定了定心情。

我本來就不打算要陪他，只是有話想和他說，因為剛才氣氛不對，才拖到這時才說。

「尹鉉禹，我不知道你為什麼突然說什麼要當我的男朋友，但是我現在可以清楚明白的告訴你。」我一頓：「我不喜歡你。」

而且還限時三個月，這未免太強人所難。

說完話，我別開臉，不敢看他的表情。尹鉉禹兀自陷入沉默，要斷不斷的緣分早該結束了。

遲疑片刻，我繼續說：「為什麼當初你要說出這種話？那時我們明明什麼關係都沒有？」

「我現在不能回答妳。」叮一聲，電梯到達B1樓層，電梯門緩慢滑開，尹鉉禹頓了頓，答得飛快，「兩個月前，我很清楚答案，但現在我不確定了。」

「是嗎？」我斂下眼，「那我們不要再這樣下去了。你給我的東西，我會全部寄回去給你。」

我和他這樣太奇怪了。

雖說這兩個多月以來，他頂多在行程空檔會和我一起吃個飯，次數不多，多數時間他都會以實物聊表心意。

「筱薇？妳怎麼在這裡？」

聞聲，我抬起頭，電梯裡站著兩個熟悉的身影。

瞪著眼前的兩人，我的表情凍結，話也說不清楚，「我……」

我沒想到會在這個時間遇到徐在熙，更不用說是和邵禹安一起，他不是應該在實習嗎？

伸手按下延長，徐在熙挑起單邊眉，抑揚頓挫的聲調，「佳儀呢？妳說要去的餐廳難道是我們家的員工餐廳？」

我的掌心不自覺沁出冷汗。

「今天我的隨行助理請假，筱薇來頂替一天。」尹鉉禹出聲解圍。

他向邵禹安禮貌性點頭，眼神碰上徐在熙倏地清冷許多。

徐在熙冷淡地盯著他，「我有聽說你是下一期的封面人物，筱薇什麼也不會，你需要人手的話，我現在可以幫你聯絡。」

「不用，筱薇會幫我。」

「何筱薇，我越來越看不懂妳了。」徐在熙的聲音裡有失落，「你和那個老師走近我可以理解是鬧脾氣，但你什麼時候喜歡年紀比你小的男生了？」

空氣間彷彿有兩把冰刀針鋒相對，徐在熙很明顯佔上風，不過尹鉉禹也不干示弱。但我

全心都在徐在熙身邊的那個女人身上，對於身旁的話語較勁充耳不聞。

地下室暗黃的光線給她白皙的肌膚染上一層光暈，無暇的臉龐線條剔透可見分明的血管線條，一襲淡紫色的長裙描繪她婀娜身形。

「徐在熙，她是誰？」我沒意識到我脫口而出的問句。

「女朋友。」

直到徐在熙沒有任何溫度的話如冰椎入骨般紮入我的胸口，我才從不真實的虛幻感因一絲疼痛清醒，「你和她是認真的？這是真的嗎？」

我只不過是循著自己的心意，一步一步向前。

現實卻像是有一把劍卡在所有道路中央，時光像是斷流的溪河，總有個理由讓我們接近對方，也總有個原因讓我們無法靠近彼此。

「何筱薇。」徐在熙忽而低下音量，「我的意思是，她雖然現在是我名義上的女朋友，但我們的關係不是妳想得那樣，我們別在這裡說話，等出去我解釋給妳聽。」

我的目光牢牢定在邵禹安臉上，她明明聽見徐在熙的話了，但眉眼柔媚的笑意卻不減半分，一臉無懼，就像是對徐在熙有八成的信心。

那分明是一臉寫著挑釁的表情！我早就說徐在熙是和女朋友吵架。

「沒關係，你現在已經沒有義務要和我解釋這些。」

「何筱薇，妳聽我說。」撇下身旁另外兩人，徐在熙不由分說用力抓住我的手腕。

「筱薇。」徐在熙用力拉著我剛走兩步，尹鉉禹忽而無力的聲音傳來。

那聲音聽起來好像即將要宣告什麼可怕的事。

「我們走，別理他。」徐在熙擰起眉，沉聲道，溫熱的掌心燙著我的手。

他的腳步比平常還快，好幾次我都差點跌倒。

「我一直在想，該怎麼告訴妳，我只剩下三個月生命這件事？」

尹鉉禹沙啞的嗓音成功停下徐在熙的腳步。

腦袋唰一片空白，餘光之中，我看見徐在熙一臉愕然，白淨的臉龐帶著困惑。

「你在說什麼啊？」鬆開握住徐在熙的手，我睜大雙眼，不敢相信自己的耳朵。

風靡當今影音領域的尹鉉禹現在生命即將走入尾聲，這怎麼可能？

「是真的。」尹鉉禹神情從容，他大步走了過來，停在我面前，語氣挾著一絲寂寞，

「所以妳不要丟下我。」

語落，他伸出手把站在徐在熙身邊的我拽進懷裡，所有的聲音在一瞬之間啞然，窒息般的絕望宛如巨網撲天蓋地將我們牢牢覆蓋在底下。

全世界都在一瞬之間，退去光芒。

握在掌中的手機再度震動了起來，盯著螢幕上鍥而不捨打來的聯絡人名字，這麼高頻率打來，十分不尋常。

「抱歉，等我一下。」

勉強推開尹鉉禹，指尖輕揉發疼的腦門，我背過身，接起電話。

「筱薇，出事了，妳最好過來一趟……」冷冽乾淨的聲線伴隨著空間碎裂聲響，將我的眼前的地平線分秒間扭曲。

同一時間，身後轟一聲巨響，斜角餘光，一個身影癱軟倒下。

ღ

一週後。

站在化妝室鏡子前面，我不下十次深呼吸，抓著化妝包的手，整個掌心都是汗水，放在洗手台上的手機再度震動，我查看手機，韓佳儀傳來最後確認完畢的訊息。

放下手機，我用清水拍了拍自己的臉。

「學長說路上塞車，會比較晚過來。」韓佳儀已經恭候多時，看見我走出化妝室，她走了過來。

「沒關係，我一個人就可以了。」我把裝著衣服的紙袋交到她手上。

擦了擦臉上的汗，我解下單邊背包，從裡面拿出了一台相機。

盯著我手上的相機，韓佳儀慎重地說：「那接下來就拜託妳了。」

「交給我了。」我把相機藏進皮包。

照著飯店指示牌我轉了個方向，往一樓的餐廳走去。

站在入口處，我眼尖地找到了事先被找來幫忙在裡面假扮服務生的學妹，她很稱職地穿梭在座位間，黑色長髮梳包頭，舉手投足流漏精明熟練的氣質，感覺到視線她轉身看見我，對我打了個準備好了的手勢。

「請問小姐有訂位嗎？」站在入口處的女服務生拿著登記簿問道。

「有的，是以何筱薇的名義訂位。」

女服務生低頭校對手上的預約名單，找到名字後，她復誦了一遍：「下午六點，何小姐，一位。」

「沒錯。」我點頭。

女服務生挪動嘴唇，只差送氣就能出聲，就在這時，另一個含著笑意的嗓音傳來。

「不對，是兩位。」

我已經把腳伸出去，聞聲，我扭頭定眼一看，剛伸出去的那隻腳觸電般又縮了回來。

「不好意思，我是她的男朋友，可以幫我改成兩位嗎？」徐在熙輕聲說道，一個字連著一個字，輕輕地震動著整個空氣。

宛如蜜糖般恰到好處的溫柔聲調哄得女服務生一愣一愣，女服務生像是被勾魂似地點了下頭，也不知道有沒有真的聽進去。

他伺機伸手抽走女服務生手上的紙筆，咬住筆蓋，提筆把白紙上面的人數一改成了二。

臉上還凝結著上一秒的錯愕，半舉在空中的手腕很輕巧地被人捏著，緩緩往下拉直到腰部高度，隨即，我的腰被人輕輕攬住。

雪白的光線由頂部灑下，暈染開他唇角的弧線，他輕鬆自若地笑出聲，「座位在C5，我知道了，謝謝。」

風度翩翩地把紙筆還給女服務生。

他推著我走入餐廳。

抬起眼眸，他依舊是那副俊朗高傲模樣，木炭般漆黑的雙眼隱隱閃著光，帶著一點強勢和占有慾，散著冰雪般氣場的俊臉，甫碰上我的視線，立刻化成一攤水，柔情入骨，溫柔的目光都快滴出水。

「男朋友？」雙雙入座，我挑起眉，提高尾音問道。

「我剛忘了加前，不過又沒關係，反正你現在單身。」眼前的人理直氣壯，一點認錯的誠意都沒有。

我推了他一把，奈何他不動如泰山，反是更猖獗地笑了。

「徐在熙你幹嘛？」我瞪著眼前絲毫不自覺有錯的人。

「蹭飯吃。」

「徐在熙，你很幼稚欸。」我自然沒好氣，「要蹭飯也是我蹭，找一個學生討飯，不丟臉嗎？」

「話別說那麼早，到時候誰付錢還說不定。」徐在熙傲慢地勾勾唇。

「你——」我頓時語塞，但又拿他無可奈何，視線越過徐在熙，站在對面一桌的韓佳儀對我打了個預備的手勢。

生硬把話吞了下去，我沉聲說道：「等一下我要錄影，你別說話。」

「妳要幹嘛？」徐在熙撐著頭，好奇的視線隨著我的動作移動。

「噓！」我怒視他一眼。

我拿出相機，調動鏡頭和焦距，打開直立式菜單，將相機藏在後面，歪頭仔細調整角度，開啟開關，確認鏡頭對準斜前方的座位。

客人不多，大部分的客人看上去都帶點公務性質，我掃視了餐廳一圈，有幾對情侶和家庭，氣氛和諧，環境也不吵雜，服務生穿梭在各自負責的座位範圍內。

韓佳儀也入座，她正在翻閱著菜單，時不時轉動手腕上的手鍊，儘管側面的嘴角弧度始終保持著同一個水平，但細微手部動作仍洩漏她的緊張。

眼看微電影就剩下最後一幕就能完成，這個時機點，方靜妍竟然和陳思昱鬧分手，如果只是普通的男女朋友分手那還好，其中一方是方靜妍這就不好了。

她沒辦法接受現實，就在一周前試圖割腕，還好那天韓佳儀有事去找她，及時發現，才沒出事，但目前方靜妍的狀況是沒辦法繼續拍攝，陳思昱承諾會繼續拍完，這兩日緊急開會的結果，最後一幕，女主角的空缺就暫時由身高和體態相仿的韓佳儀代替，最後三分鐘的片

段，以不拍攝到清楚臉部，改以遠景和局部剪接的方式完成。

趁錄影開始前，我拿起紙巾再擦拭一遍鏡頭，擦到一半，我注意到不對勁。

從剛才就吵個不停的徐在熙忽然安靜下來，我膽戰心驚地抬起頭。

只見他薄薄的嘴唇抿成一直線，下巴高抬撐在手上，低垂的目光深長，隱隱閃著危險光芒，修長的手指優雅地翻動著菜單，甚至有些隨意，面帶平靜地仔細一頁一頁看過，旁若無人，這個表情我不陌生。

「欸。」我戳戳他的腰。

「這間餐廳的餐點看起來還好的。」他分明醉翁之意不在酒，意味深長地看了我一眼。

徐在熙一向秉持著會吵的小貓有糖吃，他養的那隻橘皮虎斑貓就是個很好的範例，儘管我已經和他分手多時，卻依舊擺脫不了舊有的習慣。

誰理他，誰理他——

「服務生！」我對著最近的服務生招招手。

「請問有需要什麼幫助嗎？」面容姣好的女服務生走了過來，目光不意外地深深被徐在熙吸引，明明是對我發問，一雙眼睛卻牢牢盯著徐在熙。

我立即用手肘推了推徐在熙，他瞪了我一眼。

「別點太貴的，我等一下再跟你解釋。」背脊一陣涼風，我用氣音強調，又急急忙忙轉回去。

轉過頭，我再次確認畫面。

入口的學妹傳來了訊息。

「我OK了。」

我：「開始錄影囉。」

等到韓佳儀和學妹都回覆收到，我隔空比出了倒數。

「三、二、一，開始！」

放下手機，我全神貫注在畫面上，就在這時，我捕捉到熟悉的身影。

我咦了聲，不顧還在錄影，小力扯扯徐在熙的袖口，用嘴唇無聲地說：「欸，你看那邊那個人。」

徐在熙已經點完餐，半身湊了過來，偏偏面子放不下，壓不住好奇，結果整個聲音變得怪裡怪氣，「哪個人？」

他反應慢了一拍，我抬了抬下巴：「那個女生是不是你們系的系主任啊？之前你們系上有活動的時候，她有上去講話。」

「嗯。是她。」徐在熙瞇了瞇眼，「我記得她和妳們系上的許教授是夫妻。」

斜前方那桌，坐著一位氣質高雅的女士，雙人圓桌上擺著兩份餐點，女士時不時轉動手腕上的手錶，每當有新的客人入內，她就仰起頸部，藏不住的期盼視線幾乎快把走道灼燒。

說人人到。

遠遠可見許教授修長的身影出現在入口，歲月絲毫沒在他臉上狠心動刀，他渾然天成的溫柔和帥氣，很自然地就征服了現場所有人的目光。

「是許教授耶！你說對耶！」

「我說的話有不對過嗎？不過妳到底要幹嗎？」

我盯著相機畫面，再次挪動角度把教授夫婦的身影排除在畫面外，「我不是要參加一個微電影比賽嗎？因為女主角臨時沒辦法拍攝，所以最後一幕讓韓佳儀代替。」

「那怎麼讓妳錄影？」徐在熙不知道是真的好奇還是單純窮追不捨。

「因為學長手受傷啊，待會他也會來幫忙。」我還想解釋，最後我、韓佳儀還有宋凱傑會以旁觀者的角色，出現在影片最後給短片一個小總結，沒意外的話，所有的拍攝今天就會結束。

宋凱傑前天在打工的時候扭傷右手，醫生特別叮囑這陣子不能拿重物。因為是慣用手，特別不方便，昨天中午看到他在食堂用左手拿筷子吃麵，吃得那叫一個辛苦。

未料還沒說完，徐在熙打岔道：「妳不是手沒辦法拿重物，但妳……」

他說到一半就停下不說，他扳開我手，挪動椅子，擠到我身邊，改成親自端起相機，我伸手欲搶回相機卻被強硬推開。

等了半天都沒有等到下一句話，我不解，「你剛要說什麼？」

他身上的古龍水味鑽進我的鼻腔，我今天也噴了香水，兩個味道混在起，讓我忍不住皺

了皺鼻子。

「看來我們的教授今天準備了大驚喜。」夾帶著不知道是嘲諷還是驚嘆的笑聲在我耳邊驚嘆說道。

我轉過頭，徐在熙姣好的側臉占據半個視野，他眉目輕動，鎖定著許教授的方向，眼底饒富興致。

腦中忽然閃過一句話：山雨欲來，風滿樓。

框啷一聲聽起來像是玻璃碎掉的聲音。

「紀念日快……咦？」入口處的服務生語調充滿驚慌。

只見主任一臉鐵青，甩著肩上的黑色小包，大步踩著細跟高跟鞋，每一步都像是要把地板踩碎的力道……我後知後覺，直到聽見一聲很清脆的巴掌聲，我才驚覺出事了。

反射性地摸了摸自己的臉頰，徐在熙端起相機的手也震了好大一下。

我趁機把相機挪回自己胸前，失焦後慢慢清晰的錄影畫面中，主任清瘦的背影佔去了三分之一，剩下的三分之二——許教授手臂上勾著另一個年輕的短髮女孩。

因為角度問題，許教授正好側對著鏡頭，短髮女孩歪著頭，覆蓋在白淨鵝蛋臉上的髮絲間依稀可以看見紅色的指印。

即便相隔著一段距離，我彷彿能嗅到空氣間有一股苦澀的味道，像是加入過多的檸檬汁，又像是美好心情一夕間腐敗。

倏然，一片黑影遮蔽住畫面。

「別錄了。」徐在熙單手蓋住鏡頭，另一隻手輕緩地將相機往下推。

我趕緊把錄影中止。

鏡頭之外，意外插曲還在上演，平時和藹近人的主任，此刻精緻的妝容只剩下怒氣和狼狽，她氣極敗壞地輪流指著眼前的兩人，一句話都說不出來，餐廳裡的所有人都把注意力集中到了他們身上。

站在入口處的學妹已經放下手上的玫瑰花，從旁邊的櫃子拿來了毛巾，但卻又不敢輕易有任何動作。

現在怎麼辦？

整裝完畢的陳思昱和宋凱傑恰好也抵達，兩人一左一右停滯在入口處，被這場鬧劇擋在後方，看上去也是十分錯愕。

就在這時，放在桌上的手機不何時宜地響了起來。

我連忙接起電話，小聲回應：「對不起，我現在不方——」

「筱薇。」渾厚低啞的男聲打斷我。

我一詫，「老師？怎麼了，發生什麼事了嗎？」

近在耳邊，又是另一個可怕的玻璃碎裂的聲音。

「抱歉，我這邊有點狀況。」我摀住另一隻耳朵，壓低身體試圖遠離身後刺耳的喧鬧。

任司海再次打斷，「筱薇，聽我說，瑞祺她出車禍，有點嚴重。」

徐在熙還全心在這場小三鬧局，轉過頭來看到我的表情，嚇了一跳。

「怎麼了？」徐在熙皺起眉頭。

「我姊她……她……」

「筱薇，冷靜。」

我搖了搖頭，不願再說下去，轉過頭，我慌亂地收拾桌面，將相機收回相機包，忍著恐懼，我顫抖地發了一串道歉的訊息給韓佳儀後，我抓起椅背上的皮包和外套倉皇跑出餐廳。

ღ

一向臨危不亂，就算家門口撞進一台飛碟也能從容不迫地報警，媽媽一看見我出現，抓住最後一根救命稻草般，緊緊將我抱在懷裡。

這周末是姊姊生日，媽媽正好搭車上來，說是要幫姊姊慶生。沒想到，還沒等到姊姊生日，先發生了這樣的事。

「媽媽，老師在電話裡說的是什麼意思？姊姊呢？」

「你姊她……」媽媽的眼睛瞪得大大的，一個簡單的句子也沒辦法好好說完。

「現在姊姊在哪？她怎麼會發生車禍？」從媽媽的手臂中掙脫，我忍著恐懼問道。

媽媽一張開口，卻哽咽著說不下去，臉上的妝都哭花了。

「筱薇，別這樣。」一起跟了過來的徐在熙見狀，將我和我媽拉開，攙扶著我媽到旁邊的座位區休息，「伯母，妳先到旁邊休息，沒事沒事。」

「老師，我姊怎麼會出車禍？」我轉過頭，向站在角落的男人問道。

我記得下午接到姐姐說會晚點回家，因為要和任司海出去購物，兩個人一起出門，怎麼會一個沒事，另一個卻出事了。

「她被一輛違規的大貨車撞到。」

腦袋轟然巨響。

「怎麼會發生這種事？」

「是我不好。」任司海的聲音難得有一絲疲憊，「我們在吵架，號誌燈一變，她就往對面衝，我沒攔住她。」

「你們為什麼吵架？」

聽見我的問題，任司海眼底忽然帶了點譴責，「還不是因為……算了，是我的問題，妳不用管。」

我皺了皺眉，還想多問幾句話，卻被後方走回來的徐在熙拉走。

姊姊的手術時間很長，持續了整整十個小時，這十個小時足夠讓原本瀕臨崩潰的人再度拼湊起來，足夠讓人消化資訊，被迫接受事實，但不夠讓姊姊醒來。

手術結束後，姊姊被轉到了加護病房。

徐在熙因為工作，清晨就先走了，我勉強打起精神向學校請假，而任司海和媽媽繼續留在醫院。

韓佳儀：「錄影的事，你別擔心。我們會處理，妳好好照顧自己。」

尹鉉禹：「姊姊，妳沒回我訊息，還好嗎？」

徐在好：「學妹，我弟跟我說了，有什麼需要我幫忙嗎？」

手機的訊息匣裡躺著幾封訊息。

我掃了一眼，實在沒有什麼心力回覆，胡亂按了幾個貼圖後，我就把手機收起來。

昨天傍晚的那場鬧劇離我很遠，好像是一個與我無關的陌生記憶。對於我的不告而別，其他人現在大概亂成一鍋粥了。

我感覺自己暈眩了很久，很久。

「筱薇。」直到低如曉風的呼喚將我拉回煉獄般的現實。

眼界內透著青色曲線，節節分明的膚色掌狀輪廓，隔了半秒才恍然出現在眼前是我的手。

「筱薇，妳剛有聽到我說的話嗎？」

「老師。」我眨眨眼睛，總算讓視線聚焦在現在蹲在我前面的男人身上，「抱歉我剛恍神了。」才吐出一句話，眼淚像斷線的串珠汩汩流下。

原本保持著冷靜的任司海慌亂地摸摸外套，又摸摸褲子，拿出一包面紙給我，憂慮在他眼底擴散開來，他有些無措地等著我平靜下來。

「我媽呢？」擦擦眼睛，我環顧四周，從剛才還在旁邊吵著要我回家睡覺的男人離開後，病房現在又少了一個人。

「伯母說她必須要先回去處理一下畫廊的事，我已經請假了，這邊我會顧著，妳先回去吧。」

「我已經請假了。」我轉頭往病床的方向看去。

「醫生說妳姊她已經脫離危險時期，不用擔心，我的意思是，妳回家休息吧。妳也跟著熬了一夜，身體會撐不下去的。」

聽見他的話，我沒有因此安心，毫無起伏的一句話就從我嘴中迸出：「醫生也說我姊姊可能一輩子都不會醒來。」

任司海揚起一邊眉，面不改色，「也有可能醒來，現在別想那麼多。從手術開始到現在，整整十二個小時，妳都沒有進食，也沒有喝半滴水。我帶妳出去吃點東西。」

「不用了。」我禮貌性微笑，「不過老師你怎麼辦？要是姊姊醒不過來，你想拿到畫的計謀就不能得逞了。」

「現在重要的是畫嗎？」他的表情有一絲惱怒。

「對你來說，不是嗎？」

任司海沒有反駁，也沒有承認，眼底似有一簇花火，卻透著寒意，「我送妳回去。」

心底裡有一把無名火，我的生活現在簡直一團亂，好像從他出現開始，所有的事都開始失控。本以為能夠好好掌控自己的內心，到頭來，我只不過是盲目地隨波逐流。

「我說不用了。」再一次強硬拒絕，我抓起背包，離開病房。

對於姊姊，我有無盡的抱歉，從一開始因為沒理由的忌妒而起了不該有的念頭。儘管我什麼都還沒做，但也許姊姊會出事，這就是上天對我曾經的貪婪所下的懲罰。

我猶如迷失在荒漠之中，尋覓不見綠洲，才發現原來自己早就不再對的方向，就像徐在熙說的，我沒有作為一個壞人的覺悟和天分，但我也沒有勇氣向姊姊告解。

8

這幾個禮拜，媽媽暫時關閉畫廊住在我這裡，就近到醫院照顧姊姊。我一下課就到醫院和她換班我堅持醫院學校兩邊跑了幾天，終於還是因為學校和精神負荷不了，昨天媽媽請了個全天看護，畫廊的工作她也沒辦法擱下太久。

「在熙，你在哪裡？」盯著手機螢幕良久，訊息輸入後又刪掉，敲敲打打鍵盤，最後我送出了一張寫著Hi的笑臉貼圖。

靠坐在病房外的躺椅上，我咬了咬唇，貼圖傳送過去許久，都沒得到回應。

這段時間，徐在熙時常代替我們來醫院探望姊姊，他說正好順實習單位的方向，來訪的次數甚至比任司海還要頻繁。

我和他的關係如破冰般漸漸回溫，但從昨天早上之後，他就沒有再回應。

「妳在哪裡？」手機在掌中震動兩下，是尹鉉禹傳來的訊息。

我關上螢幕，將手機收進口袋。

姊姊的病房外正對著交際廳，我瞥向牆上的電視，二十九吋螢幕上現在轉到新聞頻道，整點重點新聞剛結束，年輕甜美的主播播報著娛樂新聞。

新聞畫面上是一段開幕會現場，有不少名媛在螢幕上走動，我認出背景是幾個月前採訪

尹鉉禹的那間飯店大廳，影像裡新聞記者正拿著麥克風採訪徐在熙的父親。

底下的標題寫著：「ST將與TMC娛樂合作赴海外開拍青春新戲《秘戀》」

鏡頭畫面稍微晃過會場，我似乎瞥見了徐在熙和邵禹安的身影。

「妳看過《秘戀》了嗎？小說我看到哭，聽說男主角是前陣子在韓國出道的尹鉉禹。」站在交際廳外的兩個年輕女生仰頭盯著電視，興奮地交頭接耳。

「我知道！昨天作者在專頁上就有透露消息！」

她們大概是來看病，路過新聞前恰好受標題吸引駐足。

停滯在原處，我整個人渾渾噩噩，只覺得這條新聞在心底裡投下了一顆小石子，震盪起圈圈漣漪，卻在一時半刻，無法明理分析出個所以來。

離開醫院，搭乘公車返家。

「姊姊！」走出電梯的瞬間，角落走出了一個人影。

我輕輕勾起唇角，「嗨，你來了。」

尹鉉禹拉下臉上的口罩，臉上還帶著妝，完美的妝容掩蓋不住疲憊，他緩步走了過來，他手上提著兩杯咖啡，他對我露出一貫溫柔的微笑。

「還好不是妳。」兩個影子相近的剎那，他停下，冷不防抱了我一下。

我愣著不知所措一會，「……咦？」

這個突如其來的擁抱沒有維持很久。

「沒事，我聽說你姊姊的事了，我幫不上忙，就過來看看妳。」鬆開擁抱，尹鉉禹伸出另一隻手，替我接過我帶回來換洗的衣服。

待我解鎖大門之後，他先一步側身幫我推開門。

「今天怎麼會突然過來？」我隨口問道。

「因為想見妳。」

玄關處的感應小燈亮起，他身穿簡單的白襯衫和黑褲，在白淨清亮的光線下，有幾分青少年的靦腆。

在強烈的白光下端詳他一會，我收起悲傷的心情，轉換上一張笑臉。

「謝啦，Vincent哥呢？」伸手接過背包，我隨手塞入客廳裡的矮書櫃裡。

「他還在忙，我偷偷跑過來的。」他吐舌，露出了個心虛的表情，「我趁他在和廣告商開會的時候偷偷溜出來。」

「這樣好嗎？」我忍俊不禁。

「那又有什麼關係，我下個月就要離開台灣一段時間，到時候就不能常常來找妳了。」

我假裝沒有聽見他的最後一句話：「我有在電視上看到你接新戲的新聞，以後會更忙吧。你要保重身體。」

食指和中指交疊貼在額前，他俏皮對我答了聲：「Yes, sir.」

我停在矮櫃前方，半身靠在櫃子上，尹鉉禹遞咖啡給我，我笑了笑接過，打開杯蓋，右

手握著杯沿輕輕搖晃，已經涼了，濃郁的咖啡香竄入了鼻腔。

「為什麼要說謊？」將咖啡擱下，我靜靜問道。

在ST總部地下室，他編織了生命即將走到盡頭的謊言，因為徐在熙突然昏倒，當時現場簡直陷入一片混亂，地下室收不到訊號，幸虧後來趕到的Vincent趕緊開車送他去醫院，在對話之中，他無意間戳破了尹鉉禹的話。

我一直沒機會問清理由，只是想破頭了也想不出理由。

尹鉉禹一臉無懼，平靜地迎向我的目光，兩人都陷入沉默，氣氛忽然顯得既尷尬又凝重。

「妳不也是說謊了嗎？」他淺淺一笑，打破凍結的氛圍，「只是因為我不喜歡那個哥哥，我怕妳會跟他走。」

嗯……？

「鉉禹……難道你喜歡我？為什麼要這麼說？」這種話親口問多難為情，但我真的不懂，讓我們兩個人連結在一起的原因到底是什麼？

窗外傳來一陣機車呼嘯而過的聲音，修飾空氣中不符合氣氛的焦躁感。

尹鉉禹神情溫和，「還能為什麼呢。」

我被他過於肯定的語氣和態度堵得一時語塞。

「姊姊，如果妳願意，我就喜歡妳，如果不願意，我就繼續把妳藏在心底。」他的目光

將我牢牢圈禁在其中。

我啞然失笑，「尹鉉禹，我有什麼好？」

「妳不記得了嗎？」

「記得什麼？」

「小時候看到這幅畫，就覺得這個小哥哥長的很好看，姊姊妳說長大要找個和他一樣帥的男朋友，怎麼樣？現在我和這位小哥哥誰比較好看？」他偏頭凝望牆上的油畫，白光沿著他高挺的鼻梁到下巴暈上一層淡淡的銀線。

我只感覺腦袋沉重，倏然一片空白，像個木頭人怔愣在原地。

——「一、二、三……」

充滿奶音的嗓音隔著層層記憶，在腦中掀起一陣漣漪。

「你是……」

「嗯，是我。」尹鉉禹走近，半身倚著矮櫃。

當年，爸爸在躲避債主的路上發生意外，在過世前在醫院躺了將近一年，那段時間，我和姊姊每天放學就跑去病房看爸爸，同病房還有另一個病人，我只模糊地記得對方是一個年輕的女孩子，每天都會有一個小男孩來看她。

因為同樣都是小孩子，很快就變成了玩在一塊的朋友，後來我和姊姊探病完跑出去溜達玩耍，他自然而來的就跟在後面一起到處跑。

只可惜後來爸爸過世後，媽媽帶著我們搬到了另一個城市，當時年紀還小，最後一次在病房見面的時候，沒能留下聯絡方式，長大以後，這段緣分也就如斷裂的風箏線稀釋在童年回憶裡。

「那時候妳天天來探望的那個女病患現在還好嗎？」

如舊相片逐漸斑駁的印象中，隔壁床的女孩子總是帶著溫柔的笑臉，看到我和姊姊還會很有朝氣地打招呼。

「她是我表姊，妳們離開沒多久，她也過世了。」他風輕雲淡娓娓道來後來的後來，他發生的事。

尹鉉禹原來還有一個表姊，他小時候在台灣長大，因為住家相近，和表姊感情好，情同親姊弟，在他升上國一的那年暑假，表姊被診斷出罹患血癌，發現的太晚，她在醫院治療了一年半左右，最後還是不敵病魔離世。

那之後沒多久，尹鉉禹隨家人回到韓國就讀國中，再後來，他被星探相中，繼而開啟他的藝人生涯。

「對不起，我沒想到你發生了這些事」我輕聲道。

屋外正好響起垃圾車靠近的音樂聲。

「在出國前，我有試著找過妳們，可惜都沒成功。九月份的時候，我第一眼就認出妳了，看了妳的信，我還以為妳還認得我。」他邊說邊笑著摸自己臉，「可能我真的變太多

了，不過也真的是緣分，我配合公司要回台灣唸書，要不是當時合作的ST公司幫我安排到了妳們學校，還有安排訪談，我們大概不會見面。」

「抱歉，我沒認出你來，不過，你在說什麼信？」越說越離奇。

「妳放在花束裡面的信呀！要不是Vincent眼睛尖，我還沒注意到。」尹鉉禹放下手臂，聳聳肩，又小聲抱怨道：「不過妳全用德文寫，我用google翻譯看好久，妳不知道當時我看到信的時候，有多麼震驚，所以，妳為什麼要說謊呢？」

「我能看看那封信嗎？」我的心喀登了下，忽而忐忑不安。

尹鉉禹奇怪地看著我，「怎麼突然又想看那封信？」

「就是想看一眼。」

「我放在宿舍裡，這兩天我讓Vincent寄快捷給妳。」他富饒興致地玩笑道：「該不會那信不是給我的吧？」

我心虛地扯了個笑容，「你不是說今天是偷跑出來的嗎？現在晚了，我送你回去吧。」看了眼時間，尹鉉禹點頭允諾。

他是瞞著經紀人自己跑過來，我擔心他一個人萬一碰上什麼瘋狂粉絲或是迷路，特意陪著他站在路口處等計程車。

「姊姊。」

戶外光線昏暗，只有一盞小黃燈亮著，幽暗的光線照在他身上，像是撒著一層金粉。

「怎麼了？」

「無論明天會發生什麼事，我都會陪妳。」

尹鉉禹眉角淺淺彎成一個漂亮的弧度，一雙水潤的大眼認真地凝望著我，那一刻，彷彿眼前的景物就是他的全世界。

他對我張開雙臂，輕輕地抱了我一下。

計程車彎入轉角，螢亮的車燈驅走黑暗，頃刻間，剔透光線傾瀉而下，散落在周圍，每寸柏油路面、他和我身上。

「謝謝你。」我笑了笑，鬆開擁抱，「下次我陪你去看你姊姊吧。」

「一言為定。」

ვ

布置典雅的披薩店二樓整樓層都被學生會包起，我因為臨時被老師叫去，錯過了公車，抵達餐廳時，期中大會已經開始半小時。

我萬般艱難地從眼花撩亂的現場找到新聞部的主桌。

「薇薇，在這裡！」

韓佳儀坐在靠近走道的位置，聽見樓梯口木門推動的聲音，立即抬頭確認，看見是我，

立即漾起一抹燦笑。

「學妹，快過來。」徐在妤坐在韓佳儀對面，抬起手臂指向身旁的空位，桌上已經放著餐點和飲料。

「抱歉，老師找我去說話，遲到了。」

「沒關係，人到了就好。」徐在妤彎起眼角，露出甜甜的笑容。

大會的氣氛很好，人聲吵雜，夾雜著談笑聲，燈火通明的二樓，橙色流光在一張張笑臉上流動。

「我錯過了開場，最近學校有什麼事嗎？這次怎麼會聯合一起辦？」徐在妤在我入座後就起身去廁所，韓佳儀也在和旁人聊天，我就近抓了旁邊的部員問。

如果是期末還比較合理，期中弄得這麼盛大。尤其入口的海報上還寫了：祈福、珍重這樣的字眼。

「啊，妳不知道嗎？上一屆的會長要——」

「還能為什麼？我們前幹部有些人下學期要出國，加上前會長想看看底下的學弟妹，就提議辦一場大的。」自然若流水的聲線從後方切入。

一轉頭，便撞見熟悉的雪白的短髮，銀白的髮末現在有一小圈新生黑髮，過長的瀏海稍稍遮住一雙細長的鳳眼。

他的話已經合理解釋他出現的原因。

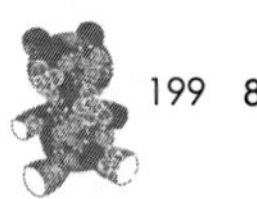

宋凱傑低聲和我隔壁的部員說了幾句話，對方便拿起手機離席，他取而代之坐了下來。

「啊原來是這樣。」我若有所思地點頭。

還以為是有什麼特殊的內幕。

「可是既然是這樣，在熙呢？」我端起可樂，啜飲一小口，麻痺感蔓延整個口腔，「他可是前會長，既然是新舊幹部聚會，怎麼沒看見人影。」

這陣子，他不曉得在忙什麼，傳訊息也不回，探病的次數倒是沒減少，只是巧合的是，我們都沒碰上。

前段時間，他熱鬧了我的世界，這段時間不見，還真有點想他。

「他以為妳在氣他沒回訊息才沒來，早走了，就我一個人留下來等妳。」宋凱傑抬抬嘴角，眼底有幾分惡趣味，「幸好妳來了，我的時間浪費值得了。」

我睜著眼默了半晌，總覺得這段時間，他格外照應我，這份心思頗不單純。

趁著周遭喧嘩音量加大，不會有人注意到坐在角落的我和宋凱傑，我耐不住蠢蠢欲動的好奇心，問道：「學長，你是不是喜歡我？」

「我？」他笑得高深莫測，「我不喜歡妳，但在熙喜歡妳。」

我乾笑了幾聲。

宋凱傑眼底有光，但卻是朝向遠處的韓佳儀，我一目了然。

「不逗你了，他在那。」握著玻璃杯的手朝角落人堆一晃。我捕捉到徐在熙的身影，徐

在好擠在他旁邊，別有一番兄妹情深的氛圍。

收回目光，我緩緩問道：「學長，你怎麼認識在熙的？」

他聳肩，「因為我前女友的關係。」

「學長的前女友是誰？」我追問。

「我想妳認識她，邵禹安。」

我一愣，「你們現在是三角關係嗎？邵禹安是徐在熙的女朋友，然後你對她念念不忘。」

「她？」宋凱傑笑了起來，「她怎麼會是在熙的女友，他們充其量只能稱得上是逢場作戲，怎麼會是三角關係。」

我默不作聲地盯著他。

「妳沒問在熙嗎？」宋凱傑苦笑，笑到一半，他忽然睜圓眼睛，「啊，怪不得妳會誤會……禹安是TMC娛樂其中一位股東的女兒，前陣子好像為了一個投資案，兩人有暫時對外以企業聯姻的名義對外宣稱在一起。」

聽見他的話，我的腦袋一時轉不過來，好像自以為的真理，其實一層脆弱的假象，徐在好告訴我邵禹安和徐在熙的關係後，我便沒懷疑過。

現在想想，我好像從沒好好了解過徐在熙。

「若要懲罰一個人，那便要給他無法承受的愛。」罕見的沉默了一會，彷彿是在顧忌著

什麼，片刻後，宋凱傑緩慢吟道。

那句話是我們微電影最後一幕的旁白台詞，當女主角選擇追尋初戀，放棄現在原來的感情時，穿插在片中的一句對白。

自言自語說完，他抬起眼眸凝望著我，「學妹，在熙在等妳，不要讓他等太久，他沒有時間。」

我有些眩然，迷迷糊糊地順著他的話問：「他在等什麼？」

我忍不住偷瞄向徐在熙的方向，暖色光影在他臉上浮動，看不清楚表情。

「他給了妳很多暗示，但看來妳若不是不領情，就是太遲鈍。」他忽而嘆了口氣，「在熙在等妳親口說不愛他。」

氣氛凝結在宋凱傑的最後一句話，安靜好像貿然出現的朋友，阻隔在我們中間，而我透過一道屏障懵然看著他，也看著他身後的徐在熙。

有時候，我覺得徐在熙留給我的餘地太多餘，那怕一次也好，他如果試著跨越那條線，也許局面就不一樣。

可是我也在等他——是因為我太貪心，還是在熙太從容？

「學長、薇薇！會長要玩解謎遊戲，你們別曖昧地杵在這裡！」茫然未斷，白桃清香竄入鼻腔，韓佳儀旋即從後方撲到我身上。

沒等我反應過來，宋凱傑已迅速起身，轉向人群。我反手勾起韓佳儀的手，將她推向前

方的人群。

期中大會圓滿落幕，到場的學生太多，打著歡送會的名義，實際我見到要準備離開的學長姐沒幾個，反倒是最後主軸都圍繞在前會長和現任會長的較勁。

趁著韓佳儀留下來和其他部員閒聊的空檔，餘光瞥見一抹悄悄從走道溜出去的人影，抓準大門關上的瞬間，我也擠了出去。

「徐在熙——」

剛跨到門外，我立即撞上一個結實的背。

徐在熙俐落地轉身，冰涼的手掌扣住我的手腕，流暢轉身將我拉到餐廳旁的灰暗角落。世界裡只剩純粹的黑暗，好似連周圍最微弱的街燈都照不進，而我眼底只剩下他。

「對不起，我的手機被我大哥誤拿走，好不容易才拿回來，我和我妹吵架，也沒辦法問她，妳這幾天有找我嗎？」他眼中有星辰大海，在暗處也隱隱亮著。

「嗯，我聯絡不到你都快瘋了，這個歡送會又是怎麼一回事？」我迷茫地看著他，「在熙，為什麼我總有個錯覺，你身邊所有的人都在用盡各自的方式阻攔我們。」

室外，一彎弦月暈染著夜空，幾盞暖橘色街燈溫暖著夜色。

天不時地不利人不和。

「對不起，都是我不好，和別人沒關係。」徐在熙內疚地擰起眉頭，忽而有些侷促，「薇薇，我要到海外去實習，現在的單位太辛苦了，我提前結束。出發前還有一段時間，我們出去玩吧。」

我愣了一瞬，「怎麼突然要到海外實習？」

想當時聽到他選擇到待遇、名氣普通的小公司實習，也是突如其來，讓所有人都嚇了一跳，現在前功盡棄，怎麼對得起當初的自信和傲氣。

但這對話聽著怎麼有些耳熟，好像六個月前，我和他提分手時，他也說過類似的話，說暑假要到國外，讓我好好想一下，然後他就失蹤了。

「哪有人工作到一半就跑掉，再辛苦也把它撐完。」我瞇起眼，搖搖頭，「這件事學姊怎麼沒跟我說，那你什麼時候回來？」

有了先例，我不太認真的把他這次的話當真。

「不知道，也許以後就住在國外。」

我一搭沒一搭地起鬨說道：「那我工作存錢以後，去找你玩。」

「那妳可得要辛苦賺錢，我去的地方很貴很遠。」徐在熙哼了聲，「所以妳還是快點請假，我們去約會吧。」他抽出口袋裡的手機，滑開頁面，滿滿都是旅行規劃。

我挑了挑眉，他不回訊息，卻還有心思在玩樂上面。

推開他舉到我面前的手機，「你別開玩笑了，姊姊還沒醒，我還有比賽的事，怎麼可能這時候出去玩。」

徐在熙悻悻然，「好吧！那我等妳，別讓我等太久。」

出生當個有錢人家少爺真好，什麼煩惱都沒有。

「你自己去玩吧。」

徐在熙輕聲說道：「薇薇，我的時間不多，喜歡妳剛剛好。」

傍晚的風格外銳利，刮著我的臉頰陣陣疼，他已經鬆開手，換我不願意放開他，緊扣著的手指節泛白麻木，我有種若是一鬆手，他就會從我眼前不見的錯覺。

本來，我打算親口問他願不願意再和我重新開始。

「在熙，為什麼我們都分手了，你還要出現在我的世界裡。」

他忽然收攏我緊握的那隻手，一個踉蹌，他順勢將我攬進懷裡。

擁抱的當下，耳畔只剩下猛烈的心跳聲。

——在熙在等妳，等妳親口說一句不愛他。宋凱傑的話語響起。「因為，我放不下妳。」他的下巴靠在我的額前，我抬起眼眸，卻被他大手蓋住了雙眼，「薇薇，如果時間允許的話，我想把我剩下的人生都留給妳。」

該斷的緣分就該斷在時機適合的時候斷。我們延宕不前的緣分就別再繼續荒盪下去，我對遠距離也沒有自信。

輕輕推開他，我輕聲說道：「在熙，我不愛你。」

為什麼我和他在愛裡都無法理直氣壯？

徐在熙一如往常地笑著，「我知道了。」

往後，無論我走上怎麼樣的十字路口，世界變得有多大，再也沒有他的地方。

「筱薇。」

「嗯？」猜想他大概又要說一些幼稚的話，我朝他扮個鬼臉。

「我會記得妳，直到最後一刻。那你能不能答應我，不管過了多久，不要忘記我，好嗎？」

我莞爾，「當然。」

張開雙臂，大大的給他一個擁抱。

下一次，也許下一個擁抱時，我們的關係又將經歷一次變化，但也可能我們只會是一輩子的朋友。

我還愛他，他也還愛我，可是未來已經容不下「我們」。有一種喜歡叫做我不能喜歡你，但我會把你放在心上。

——就這樣，漫長的糾葛和掙扎，終於在今日畫下句點。

ღ

送走考試季，迎來新氣象的十二月，步出教室，我看見樹上掛滿著聖誕節的彩帶。

尹鉉禹即將赴海外拍戲的消息在校園裡鬧得沸騰，偶爾有他出席的校園一角沸騰了喧鬧

人聲，韓佳儀認真倒數著和明星同堂課的機會，而我在倒數著徐在熙離開的日子。

我以為我倦了徐在熙的無理取鬧，厭倦了他的窮追猛打，但我沒有。

敲了敲手機桌面，重整了好幾遍徐在熙的對話框，只有單方面的問候。

「在熙，吃飯了嗎？」

「出國的東西準備好了嗎？」

「在熙……」

成排的訊息像是投入深潭的小石子，而他就像是六個月前一樣，又突然人間蒸發。

我還是忍不住又想他了，就像六個月前一樣。

關上Line視窗的瞬間，好幾則訊息接連彈了出來。

反射動作就直接滑開訊息。

「吃飯了，妳呢？還沒的話，要不要我買燒餅和杏仁茶給妳？」

「都準備好了，只差還沒把妳打包進行李。」

「筱薇，我想妳。」

拇指停留在最後一個訊息框上，深呼吸，吐氣，我陷入無法自拔的惆悵。

我是不是太輕易放受讓他走了。

一隻素白的手猛然抽走我手上的手機。

「薇薇，學姊剛在問妳話呢！」

抬起頭，韓佳儀兩手撐著下巴，含著笑意看著我。

「怎，怎麼了？」我結結巴巴地問道，旋即迎向了一整個會議聽的視線攻擊。

徐在妤饒富興致地說道：「真難得見到學妹在開會上這般失魂落魄。」

我望向白板上的會議紀錄，最後的印象只停在徐在妤說這一期主題要多放些聖誕節元素。

「學姊剛剛說了什麼？」我用唇語向韓佳儀發問。

但這樣細微的動作怎麼能逃得過徐在妤的火眼金睛，她直笑著搖頭，「同學現在最關注微電影的比賽，妳和佳儀不是也參賽了嗎？我們想做一個參賽作品的介紹，由妳們兩個負責吧。」

這週所有的參賽作品都會在官方專頁公開，這段時間的人氣量和點閱率也會納入評分考量。早上的時候，韓佳儀與高采烈地告訴我，目前我們的作品不論轉發率或是人氣量都是最高的。

「喔好啊。」我快速整理白板上和新接收的訊息，丟了個問題，「這次有三十組作品參賽，全部都介紹的話，會有版面和篇幅限制吧？」

「這就是我剛才要問妳的問題，關於這點，妳有沒有什麼想法？」徐在妤半身靠上桌沿，勾起笑容。

最好的辦法就是分兩期介紹，但微電影的比賽結果一月中就會公布，到時候同學關心的就會是得獎作品。

白板上列了幾個方案，但都不是最好的辦法。

「我想——」

會議室的門用力地被撞開。

「不好了！」一名女同學神色慌張地出現在門口。

最靠近門口的游靜敏連忙問道：「怎麼了？」

「她，」女同學受到極大的驚嚇，話說到一半又哽住，「靜妍學姊她……想不開。」

這聲音一聽就出事了，韓佳儀也跳了起來，「她在哪裡？」

「天，天台。」學妹顯然也被嚇得不清，「……哲學系大樓六樓，她——」

「別說了，帶我過去。」徐在好打斷她的話，一句話的時間，她已經從會議室後面跑到門口的位置。

現場頓時亂成一鍋粥，我從椅子上站起來，想跟著出去。這種時候，最怕人多口雜，場面一但失控只會壞事。

在我出聲之前，徐在好回頭指揮道：「學妹妳去找老師。其餘的人把這裡收拾一下，今天就先這樣。」

聽得出她的語氣也是惶恐不安。

靜妍學姊可千萬不能有事啊……

接到指令，我抓起放在桌面上的手機，直奔心理系辦公室。

剛踏出電梯，我瞬間懵然。

一面布告欄推到了電梯出口處，布告欄後方圍著黃色施工布條，我快速掃視貼在上頭的公告單。

「同學，妳來找這裡的老師嗎？這層樓這個月施工，老師都暫時搬到工程大樓了，那裡有空辦公室。」一名工人扛著機具從後方路過，好心地對我說。

再跑過去工程大樓就太遠了，我等不及電梯，焦急地順著逃生樓梯跑下樓，跑向了哲學系大樓六樓。

衝上頂樓，只見徐在妤和韓佳儀站在所有人的最前頭，緊張地向站在邊緣的方靜妍揮

「學妹，妳快下來，我們好好說話。」

「妳冷靜一點。」

我們學校的系所大樓普遍都不高，哲學系六樓就是頂樓，光禿禿一片空地，只有一處凸起的近出入口，因為是普通上課時段，沒有太多人被引來。

我想起任司海曾經給我的預警，沒想到還真的發生了。

「薇薇，老師呢？」韓佳儀焦急地向我發問。

「太遠了，我剛打電話給任老師了。」

方靜妍遲緩地轉過身，白淨的臉上有淚，烏黑長髮隨風拍打著她清瘦的臉蛋，渾黑的瞳眸黯然失色。

「為什麼要這樣對我？為什麼？」她淚眼輪流看著場上所有人，「是，我不知道他只是把我當備胎，我是被甩了，為什麼還要用那個影片來讓其他人嘲笑我？」

我聽說交出比賽影片之前，她曾經來問過能不能把她的畫面剪掉，宋凱傑拒絕了。

「學妹，妳下來，我們好好說話。」韓佳儀一急就想撲上去抓方靜妍。

「妳過來，我就跳下去。」

這是我第一次看到精神病患在眼前發作，我忽然喉嚨乾澀，澈底慌了，一句話都吐不出來。

方靜妍的話立刻讓所有人都停止動作。現場畫面有點搞笑，遠看像是一大群人在玩一二三木頭人，只是這木頭人是一個貨真價實的人。

她的情緒越來越激動，一隻腳危險地往空中晃動，她就像是斷線的風箏，搖搖欲墜。午後的頂樓，大把日光灑落，拉長我們的影子，方靜研的影子已經掉出了頂樓範圍。

「不就是一個男人而已！」情急之下，我衝口而出。

所有人都被我嚇了一跳，方靜研也停止哭泣。

我說得很急，幾乎想到什麼就說什麼：「妳死了，他還好好的活著，妳就這樣死了，然後他什麼損失也沒有，照常吃好吃的，穿暖吃飽，還和別的女生快樂出遊，你說他劈腿，那是他的錯，他該死，為什麼妳要死？妳想要這樣嗎？」

方靜妍被我突如其來的話哄住了，過了許久，她哭著應道：「我不想要這樣。」

「對啊，妳為他死算什麼？妳爸媽忘記給妳吃飯錢，妳有因為這樣覺得被冷落想自殺

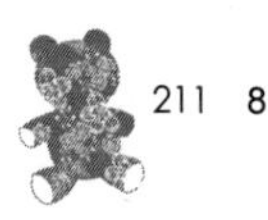

嗎？學姊相信我，都會過去的，影片算什麼，那影片把妳拍得多美，正好給他的現任看，妳比她還要美還要有自信。」我一步一步，非常緩慢地接近。

「我……我比她好嗎？」方靜妍黯淡的眸中再度燃起一蹴火光。

趁她分神，我三步併作一步，快速衝上前，把她從上面拉了下來。

方靜妍癱倒在我的懷裡放聲大哭，眼淚撲簌撲簌地落下，落在我的肩上，濕透衣領。

沒事了。我拍拍她。

沒多久，校醫和老師也趕上來了頂樓，眾人團團將她圍住，協同著老師一左一右安全地將方靜妍攙扶起來，護送離開頂樓。

危機解除了，我一顆心總算落下，整個人放鬆下來後，全身的力氣陡然消失，雙腿一軟，我向下跌落，身邊伸出一隻手扶了我一把。

「謝謝，剛真的是好險。」我轉頭一看，是徐在好，我對她露出苦笑。

「學妹，想不到妳這麼會說話。」徐在好瞇著眼，臉上無半點笑意，語氣裡似乎參雜了不單純的譏諷。

我愣了愣，「學妹，妳想說什麼？」

身後烏雲遮蔽後的天空一片渾沌的灰沉，像是失手將半罐墨汁倒入煮滾的水的水裡，少了日月星辰，一望無盡的灰暗。

她靠上我的耳邊，低聲說：「壞女人。」

9

「薇薇，我們要走了喔。」

耳邊傳來輕聲呼喚，我轉過頭。

隔著玻璃落地窗，媽媽站在休旅車旁邊對我揮手，任司海已經坐在駕駛座，從降到一半的車窗也正看著我。

「來了！」我拾起不小心掉落腳邊的錢包，匆忙走向前。

「何小姐，有妳的信喔！」路過大廳，管理員喊住我。

暫時停下，往登記簿上簽名，我接過管理員的信封，是一封掛號信，黃色公文袋包得嚴實，確認了上頭的寄件人，我一目了然。

是Vincent寄來的。

「薇薇！」

耳邊再次傳來媽媽的催促，我連忙把信封塞入包裡，匆匆跑出公寓大廳。

坐上車，我剛放下背包，便聽到媽媽帶著歉意的聲音。

「不好意思，還讓你請假來幫忙。」

「伯母，別這麼說。瑞祺發生這事，誰都不樂意見，我能幫上多少忙就幫。」

前座傳來媽媽和任司海的對話聲。

繫上安全帶，引擎發動聲響起，汽車安穩的駛向大道。

儘管有保險費分攤醫療費，但為了長遠打算，媽媽終究還是賣了原先標示為非賣品的畫作，其中也包括了鄭畫家的畫。

鄭畫家的畫在消息刊登網上的隔天就被一個買主整批買下，對方甚至開出了比原本行情還要高的價格。

今天就是要回去處理這件事，媽媽並沒有開車上來，本來我和媽媽要搭高鐵回新竹，任司海聽說這件事之後，立刻說要開車送我們南下。

「媽，這個買家是什麼人？」我趴在車窗邊，眼前的景物因為高速模糊成數條平行線。能一次買下全部的畫，對方的財力一定不容小覷。

「賣畫是我助理處理的，我也不太清楚，只聽說買主有些年紀，是很有氣質的人。」

我有些好奇，「是男的還女的？」

「這個嘛，我們等一下就知道了。」媽媽知道的訊息未必比我多。

我沒再繼續追問下去，最近媽媽除了姊姊的事，其餘的事都不關心。

抵達畫廊外的時候，遠遠地就看見搬運公司的貨車停在入口處。媽媽的助理站在車旁和搬運工人交涉，任司海轉動方向盤，車身轉了一個弧度後，精準在貨車旁打直停下。

「老闆娘，這裡有狀況。」助理姊姊一看見媽媽，像是看到救星一樣，朝我們招手。

媽媽連忙過去，我也小跑步跟了上去。

「Cindy，怎麼了？」

「老闆娘，這位買主說不要畫。」Cindy苦著一張臉說道。

「什麼意思？」

「本來說好今日交最後一批畫，沒想到早上我來上班，便看見前天先送去的畫被退了回來，詭異的是，對方已經把尾款也匯進來了。」

我這才注意到，這輛貨車根本不是來載走畫的，搬運工正一幅一幅把畫作又從車裡搬了下來。

「你們要幹什麼？」

「先生，不好意思，雇主指示要把畫全部搬進去，請把畫交給我們。」

身後也傳來吵架聲，我循聲望去，狀況外的任司海剛把那幅《茶樹下的青年》搬下車，幾名搬運工見狀，立即過來，似乎打算接手他的畫，雙方發生了爭執。

「買家呢？」

經營畫廊這麼多年，什麼怪事沒見過，這送錢不要畫的怪事還是頭一次見，連向來處變不驚的媽媽也皺起眉頭。

「一早便來了，她指揮工人把畫搬進去，人也一起跟進去了。」

「我去看看。」現場的搬運工不聽媽媽的指示，媽媽一籌莫展，揮手表示先進去再說。

工人搶不過任司海，罵罵咧咧地走了，任司海小心翼翼地護著畫作，走在我們身後。

「薇薇，妳姊男朋友也來啦？」Cindy驚奇地問道。

「對呀，我不會開車，媽媽精神狀況不好，老師便自告奮勇說要開車送我們來，這樣畫也能一起載來，順便省錢。」

Cindy嘖了聲，「先前沒特別留意，現在我覺得妳姊男朋友長得有點像那幅畫裡的小哥哥。」

她用下巴指了指任司海手上的畫。

「怎麼可能。」我用手肘推了推她，揶揄道：「妳想說老師帥就直接說吧。」

Cindy心虛一笑，「妳也這麼覺得吧，妳姊眼光真好。」

隨著媽媽的腳步走入畫廊，走沒幾步，我們急踩剎車。

「Cindy，不是說這禮拜畫廊關閉嗎？」

環顧四周，哪有休館的樣子，掛在牆上的畫作每一幅都光亮端正，連展區都配合畫作主題布置好了。

「咦？我昨天來看不是這樣啊。」Cindy也狐疑地四處張望。

最後所有懷疑的視線都聚集到了中央一幅畫上，我忍不住倒吸一口氣，那幅是媽媽從來沒有展出過的那幅全家福畫。

而一位長髮女士背向我們站在畫前。

還沒搞清楚狀況，長髮女士驀然轉過頭來，剛吸進去的氣還沒吐出，另一口涼氣又吸了進來，我差點呼吸不過來。

Cindy連忙拍拍我的背，幫我順氣，但她的表情也像是看見鬼一樣驚慌。

那個女人身穿連身旗袍，緞帶般的長髮垂直而下齊至腰間，展示燈下，女人的肌膚透明可見脈絡分明的血管，最大的問題不是病容般的長相，而是那張臉和她身後那幅全家福上的女性一模一樣。

大大大白天見鬼了？

砰一聲，金屬畫框墜地的聲響在倏然靜寂的畫廳裡一陣一陣迴響。

我轉過頭，任司海手上的畫掉落，他反常地一臉失態。

「好久不見。」就像是從畫裡活過來的女子走到了媽媽面前。

「……好久不見。」

ε

「太勁爆了！竟然是畫家本人來買自己的畫！」Cindy把我拉到了會客室外面，我們倆像是準備做壞事的小偷一樣偷偷摸摸地攀在窗外往內偷看。

「可是我媽展畫這麼多年，她都沒出現，這時才出現，這也太……」我還以為鄭畫家已

經過世了，所以才會每次媽媽看到這些畫就面露悲傷。

「令人難以置信。」低啞的嗓音替我完成剩下的句子，任司海與我們相隔一個腳尖的距離，他從看見鄭畫家本人之後，就有些失魂落魄。

「哎，你們不懂，這就患難見真情。」Cindy在了解來龍去脈之後，興奮地直跳，嚷著這比她網上追的小說還要狗血。

「妳別亂說。」我不由分說地把原地亂跳的Cindy壓回地球表面。

Cindy吐吐舌頭，「反正，我想鄭畫家肯定有隱情，否則這世界怎麼會有這種巧的事。」

「我剛聽到伯母說還錢還有倒會的事，不曉得是不是和債務有關係。」任司海瞇起雙眼，細長的眼眸像是染了一層氤氳的水霧。

「難道……鄭畫家和我爸生前最後失敗的那個投資案有關係？」

「有可能。」Cindy點點頭。

「這種事情，我怎麼沒聽我媽說過。」我喃喃自語道。

「等會老闆娘出來，我們再問她。」Cindy握緊拳頭，一臉蓄勢待發，忽而她鬆開拳頭，納悶地轉向任司海，「可是任先生你為什麼會在這裡？想不到你跟我們這些女孩子也喜歡八卦。」

剛才媽媽令閒雜人等和工人先離開，但沒有驅走任司海，我和Cindy很識相地退到一

旁，他要是沒興趣也走開便是，若有興趣這好可以進去探情報。

我忽然想到了剛才Cindy無心的發言，開玩笑地問：「難不成鄭畫家是你的祕密家人之類的吧？」

任司海那雙深沉的黑眸異常凜冽，一如往常的傲慢，挾著一絲脆弱：「裡面那個人是我媽。」

我和Cindy同時石化在原地。

下一秒，我和Cindy兩人各伸一手扳住任司海的肩膀猛力搖晃，「我想聽八卦！快說！」

我想過任司海和鄭畫家的畫作有一層密不可分的關係，但我從未想過鄭畫家會是任司海的母親。

套句Cindy的話，這真的比網上的小說還要狗血。

媽媽和鄭畫家聊了一整個下午，也不知道兩人都聊了什麼，等兩人從會客室出來時，我看見媽媽的眼睛紅紅的，我和Cindy有好多話想問，但誰都還沒說話，媽媽先開口。

「薇薇，妳今天先回去吧，明天不是還要上課。」

「為什麼？我明天下午才有課！我明天再搭高鐵回去！」

「我不放心沒人看瑞祺。」

「媽，可是——」

「何阿姨，我明天也有課，我載筱薇回去，我們會順路去醫院。」

我不死心地還想要追究，卻被任司海制止。我看了一眼媽媽身邊的鄭畫家，又看了一任司海，我沒再繼續逼媽媽，答應和他先回台北。

返程路上，他終於向我娓娓道來他的故事。

「為什麼不和你媽相認？」聽完故事後，我謹慎地拋出問題。

任司海目光落在擋風玻璃外，並未立即回答我的問題，靜默半晌，他才開口：「她不知道我的存在，我何必打擾她現在的生活，知道她好好的就好。」

當年鄭畫家因緣際會之下愛上了一個有婦之夫，還因此懷孕，這件事讓她的家人大發雷霆，逼著她把孩子拿掉，後來男方承諾孩子生出來後就會和妻子離婚，這事才勉強壓了下去，沒想到男方生意失敗，急需用錢，那時鄭畫家即將臨盆，不知道要找誰求助，幸虧那時媽媽和爸爸出面幫忙。

然而後來孩子生出來以後，男方已經和妻子捲款逃走，留下爛攤子給當時作為保人的爸爸和媽媽。

鄭畫家那時候也很可憐，孩子出生後就被她的家人抱走，還謊稱孩子已經死了。即便到了現在，鄭畫家仍不知道任司海是自己的孩子。

這些事都是任司海後來長大之後，追問養父母，慢慢循線索找到的答案。

「老師……那個，對不起。」下車之前，我低著頭想向任司海道歉。

那些後來寄來的畫是鄭畫家的道歉，並藉此來告訴媽媽她後來的生活。

「不用和我道歉，我帶著得到畫的目的接近妳們，已經不值得原諒。」任司海勾了勾唇。

跳下車之前，我又想起一個問題，「不過老師，姊姊車禍以前，你們因為什麼事吵架？」

「瑞祺她要和我分手。」他用一種就像在嘆息的聲音輕聲說。

我一愣。

姊姊好好地怎麼會突然和任司海提分手，難道她知道了任司海的目的？什麼時候知道的，她又知情多少？

ღ

週五。

下課後，我到韓佳儀住處討論報告，完成作業後，我乾脆留在她的住處蹭晚餐吃，順便玩她家的遊戲機。

「不好玩嗎？」她端著水果從廚房走出來，見我我心不在焉地撥弄著遊戲桿，關心

問道。

「不，很好玩。只是沒什麼心情。」

「怎麼啦？」

「沒什麼，只是想我姊的事。」我一個翻身，手臂枕在腰側，我側躺在沙發上，「要是她現在還好好的，肯定回到家做好吃的給我吃。」

「她還好嗎？聽妳前幾天說回去籌醫療費。」

我隨興地哼了聲，伸手撈起客廳桌上的保溫杯。

「對了，我和在妤學姊說好明天去醫院看妳姊，我聽老一輩的人說，昏迷的人最缺人氣，我們去給她集氣。」韓佳儀對我豎起拇指。

聽見徐在妤的名字，腦袋不自覺重播著那天她在頂樓和我剩下的對話。

——「學姊，妳討厭我嗎？」

——「不然，我怎麼會潑妳水。妳當真認為我會傻到只因為一個名字就誤會妳。」

丟下遊戲桿，我盤坐起來，握緊手上的保溫杯，望著韓佳儀，「佳儀，妳覺得我和在妤學姊怎麼樣？」

「什麼怎麼樣？妳們看起來感情很好啊！不是說她也要和我一起去看妳姊嗎？」

對啊，我也是一直這麼覺得，可是會不會一直以來都是我的誤會。

難道是因為他哥的關係？

「佳儀，妳會不會覺得我對在熙太壞了？」

韓佳儀歪了歪頭，不假思索道：「妳是指分手嗎？遠距離本來就不是每個人都能接受，妳沒有錯，我們筱薇可是這世界上最善良的人。」

手指搓揉著保溫杯光滑的杯身，我吞下口唾液，「我問妳喔，什麼時候一個人會罵另一個人『壞女人』？」

「嗯……通常是男朋友或重要的人被搶了的時候吧？」韓佳儀剛拿起一本雜誌，聽到我的問題，從雜誌上抬起頭，挑了挑柳眉，「怎麼？有人罵妳嗎？」

「沒事。」我聳肩，無意繼續這個話題，「妳在看什麼？怎麼突然也變文青了？」

說起手上的雜誌，韓佳儀就有氣，「還不是那個世界音樂課，老師爛死了，上課只播個紀錄片敷衍了事，期末竟然要我們找一個藝術家做一個深度專題報告，要不是沾尹鉉禹的光，他以為那爛課會開成嗎？」

等她碎念完，我無奈彎起嘴角，「要我幫忙嗎？」

「不用，這是小組報告，我們選了台灣一個畫家張城澄。這本雜誌剛好有專訪，我這就在研究。」

這畫家名字聽著耳熟，好像聽徐在熙提過……我再度掃了一眼她手上的雜誌封面，騰文雜誌是ST雜誌社發行專門報導文藝影音和藝術家的藝術雜誌。

我從沙發上坐了起來，一把奪過她手上的月刊。

「借我看一下。」

我直接翻到最後一頁，快速瀏覽印在最後一頁的撰寫人員名字，熟悉的名字深深衝擊我的內心，為什麼那傢伙的名字會出現在上面？這本還是這個月的新刊。

不對勁啊！

徐在熙採訪的名畫家出現在這裡這不意外，可是採訪人的名字卻是徐在熙。他不是在八卦雜誌社實習嗎？

我記得那時徐在熙有塞一張名片給我，丟下雜誌，我翻出皮夾，找了一陣沒找到，我想起前天我把皮夾裡的發票和名片都清掉了。

抑制不住難耐的焦躁，我立刻打電話給Vincent，電話響不到一秒就接通。

事到如今，我也顧不上禮節，省略開場白，提出請求：「今年九月的時候，有一間Falsch Magazine.和我們學校的新聞部採訪尹鉉禹，你有印象嗎？」

Vincent頓了一下，「我還記得。」

「你當時有留那間雜誌社的名片或是資料嗎？」擔心他聽不懂我的需求，乾脆又補上一句，「你知道那間雜誌社在哪裡嗎？」

「那時候採訪的事是上面的人安排的，我不太清楚實際位置，不過我有留名片，我拍照傳給妳。」

「麻煩了。」

一收到照片，我把地址和名稱騰到了手邊的一頁報紙上。丟下筆，我打開google地圖，輸入那串地址，看見出現地圖上跑出的地標，我不由愕然。

出現在眼前的是市立醫院，根本就沒有什麼雜誌社。

「不存在的雜誌社。」韓佳儀好奇地唸出我抄寫在筆記本上的文字。

「妳再說一次。」

韓佳儀奇怪地看了我一眼，伸出食指在Falsch下畫了畫，「Falsch Magazine.不存在的雜誌社。」

Falsch，德文的意思是不存在。冰涼的汗珠濕透了我整個背部。

然後，我想起信封的事，我把背包裡的東西全倒了出來，半跪在沙發上，一陣手忙腳亂地翻攪後，我找出皺不成行的黃色公文袋。

俐落地撕開紙袋，從裡頭我抽出了另一封雪白的卡片。

「這是什麼？」

卡片上尹鉉禹貼心地黏了一張便條紙，寫了一行字：「這封信被藏在乾燥花裡面，當初沒仔細看還真沒注意。」

「是徐在熙寫給我卡片。」我苦澀一笑。

怪不得他看到我把花束轉送給尹鉉禹的時候，臉色會那麼難看。但他何必要費盡心思藏到那麼裡面，這簡直就像是不希望我看見一樣。

「哇，他真的很有心欸，妳真的要拒絕他嗎？」

「嗯。」我輕輕應聲，「他說之後要出國，也不知道什麼時候回來，我對遠距離沒信心。」

韓佳儀明白我的個性，自知多說無益，轉移話題，「那張卡片，他寫什麼？」

「這是他三個月前給我的，我看看喔。」打開卡片，雪亮的卡片在幽藍的燈光下，墨黑的字跡彷彿幅出紙面。

韓佳儀伸長手臂捉住卡片的一角，與我異口同聲地唸出了那行文字。

「Ich habe nur 3 Monaten Zeit zu leben. Willst du in diesem kurzen Zeit mich begleiten?」

唸完文字，腦袋一空，我們倆瞬間陷入沉默。

「Mist.」良久，韓佳儀桃紅的薄唇迸出了一句德文髒話。

Ich habe nur3Monaten Zeit zu leben. Willst du in diesem kurzen Zeit mich begleiten?

這句話的中文意思是：我只剩下三個月的生命，妳願意陪我度過我剩下的餘生嗎？

街燈的光線穿透比鄰排列的平房建築，在街道灑滿銀色薄紗，夜風把沙塵吹起，又帶著沙塵落下，夜色下慢慢擴散的雲霧攏蓋長街。

「徐在熙！」

尖銳的呼喚聲劃破夜晚的寧靜，急促的腳步聲格外刺耳，然而回應我的只有一片沉默。

追逐在我身後的影子拉得特別長，幾乎填滿整條小徑。

我扶著膝蓋，靠在店面外的鐵門上休息，手機緊緊攥在手指間，螢幕光源亮起又暗下，反覆點開手機，畫面始終停在我最後一次和徐在熙的對話上。

我說：我們見個面吧。

徐在熙說：好，後天晚上八點半，就在我們最後一次約會的地方見。

「徐在熙，你在哪裡？回答我！」

黑漆漆的夜空，沒有星河，也沒有月亮，空有一片深黑寂寥。

我又喊了幾聲，深幽的黑像是無止境的黑洞，把我的聲音都吃得一乾二淨，我嗓音都啞了，最後只剩下微弱的呼喚。

「筱薇？」

我轉過頭，徐在熙靜靜地站在路口，慘白的臉龐掛著一絲溫柔。

他大概是匆忙趕來，腳上的鞋子不齊，一隻腳套著室內拖鞋，另一隻腳穿著布鞋，微濕的黑髮髮梢滴答落著水珠。

手一鬆，肩上的皮包滑落，垂到了手肘以下，拖著皮包，我奔向前，用力將他抱住。

「如果不是名片露餡的話，你打算什麼時候要說？你看到我把花束送給別人的時候，就該跟我說！」我氣壞了，錯綜複雜的心情讓我無法思考，鬆開擁抱，我掄起拳頭捶打他的胸膛。

他沉默不語。

「這麼重要的事，為什麼不說？就說一句我只剩下三個月的生命，這有很……很難嗎？」

很難。連由我說出口都很難。

在熙知道，我們分手的原因，不是因為我不愛他，也不是他不愛我。所以他同時也知道，能讓我們重新在一起的理由，絕對不會是愛情。可是他除了愛情以外，他不知道要怎麼做，於是他只能繼續堅守自己的愛情。

我知道。

「你快要死了，為什麼還要喜歡我？我有那麼重要嗎？值得嗎？你快要死了，為什麼還要喜歡我？為什麼還要讓我知道？」我閉上眼睛，忽然強烈地厭惡自己。

徐在熙很高，我踮起腳尖才免強搆到他的雙肩，我埋首至他的頸肩，他始終沉默，一句話都沒說。

我慢慢平靜下來，我向後退了一步，雙手扣住他的手腕。

深墨般的瞳眸了然無生氣，他盯著我，半晌後，他才鬆口：「妳就是何筱薇嗎？」

我愣住了。

「妳是吧？」沒理會我的錯愕，徐在熙興高采烈地從口袋裡掏出一張皺巴巴的紙，一面唸道：「剛才一個大哥哥幫我洗頭的時候，我摸到口袋裡面這張紙，看到上面的字，我立刻衝了過來。妳就是何筱薇吧？」

我按住他的手腕，紙條上只寫了幾個字：何筱薇，台北美術館，週五晚上八點半。

沒等到回覆，他的語氣有些怯懦：「對不起，我很常忘東忘西，這紙條應該是我還記得的時候記下來的，是妳吧？」

「你呢？你是徐在熙嗎？」鬆開手，我看著他，艱難地開口問道。

「對。」他揚起燦爛的笑容，好似這片荒瘠長夜裡乍現的陽光。

沿著廣場周圍排列的街燈撲朔著整片靛藍夜色，晚風徐徐，吹起地面上散落的枯葉，時值初冬，徐在熙後頭的大樹光禿禿的，我盯著前方，倔強地壓抑住內心的千思萬緒，深怕一不小心眼神波動，會洩漏自己的慌亂。

他的目光炯炯，具穿透力的視線追著我的一舉一動，儘管有長時間培養的默契，然而這一刻，我竟再也看不透也猜不穿他。

我忽然發現，原來默契可以一夕之間養成，也可以在一瞬間沉默。

徐在好說我是壞女人，我是。

所以才會在三個月前，把徐在熙給我花束轉交給尹鉉禹，在徐在熙最後一次記得我的時候拒絕他；在最後一次可以挽留他的時候放手讓他走，我任性地以為他可以再多等一天，以為他的好是理所當然，但原來他的好早就已經被我揮霍殆盡。

原來心會痛，深入骨髓一般，痛咬噬著每一分神經，看著眼前單純的笑容，我越來越不能呼吸。

回憶湧上心頭，胸口的陣痛劇烈，久久不能平靜。再也不能藉由愛情飲鴆止渴，因為我們的愛早就只剩下昨日可以緬懷。

ღ

世界崩塌得猝不及防，我還沒做好心理準備。

在路邊攔了輛計程車，我交代完司機目的地並提前付清車資，本想讓他自己一個人回醫院，未料本來乖乖坐在後座的徐在熙卻將手臂伸出窗外用力抓住我的衣角。

「陪我回去，我自己回去會被兩個臉很冷的人罵。」他語氣軟弱得讓人無法拒絕。

「好吧，不過我只送你到門口。」

抵達醫院門口，徐在熙乖順地解開安全帶，跳下車。

搖下車窗，我把臉靠上了窗沿，揮了揮手，「我明天再來看你，快回去吧。」

徐在熙垂著頭走向急診室入口，走了一段距離後，他又走了回來。

我連忙阻止司機開車，按下車窗，「怎麼啦？」

「我肚子餓了。」他抿著唇，露出靦腆笑容。

我微微一怔，飛快向司機說了聲抱歉後，我打開車門走下車。徐在熙見我下來，凝重的臉色瞬間容光煥發。

輕輕挽起他的手臂，柔聲道：「走吧。我帶你去吃東西。」

這個時間點，醫院只剩下超商還開著，我買了微波食物，坐在超商外的塑膠椅上，看著徐在熙吃完，我轉不開目光，很想抬手摸摸他的臉，最後還是忍住，我把手壓到了大腿下。

過了不知道多久，徐在熙已經吃完手上的食物，甚至離席把空盒丟掉，又重新坐回我的面前，他嗓音溫潤卻有所顧忌，「我忘記問妳要不要吃了。」

「沒事。」我清醒幾分，連忙擺手，唰地從椅子上起來，「既然都來了，順便知道一下你的病房在哪也好，你帶路吧！」

走向病房時，我遠遠地看見站在外面飲水機旁的徐在好，她側對著我們，黑髮垂散遮擋住她的表情，明亮的燈光下，她卻顯得抑鬱。

徐在熙緊緊抓著我的手臂，看到徐在好，他的腳步明顯慢下許多。

感覺到有人靠近，徐在好關上水瓶，轉過身，愣了一下：「學妹？」

飲水機旁邊的那間病房門一下子被拉開，一名身型修長的男子出現在門口，探頭出來，望見我和徐在熙也是一臉愕然。

繞了一大圈，等徐在熙回病房後，我們三人回到了剛才的便利商店外。

「在熙，到底生什麼病了？」

「腦瘤。」徐在好直言說道，「發現的時候已經太晚了。」

我必需要強迫自己鎮定下來，才能好好說出一句話：「腦瘤應該可以動手術摘除，為什麼不動手術？」

「動手術的話，只有百分之三的成功率。」徐在好語氣流暢，彷彿這說詞已經在心底反覆組織了多次，「我哥想，就算動手術，也只有微乎其微的成功率，於是他拒絕動手術，與其賭上百分之三可能不會醒來的機率，他寧願把最後四個月留給他想做的事和想見的人身上。」

「四個月？」

「四個月。」徐在好張開手掌，「九月的時候，醫生說我哥如果再不動手術至多能活三個月，多的一個月是，如果妳到最後都不知道的話，他希望在他過世後一個月再告訴妳。」

「為什麼？」

「這樣妳就不用在生日之前就知道這件事，他不要妳難受。」

「妳在開什麼玩笑？」我語氣顫抖。

徐在好淡漠地看了我一眼，眼神裡有太多複雜的情緒。

「他只是一個人，你們全部的聯合起來還說不動他嗎？或是把他架去手術室？」我搗著

臉，胸口好像突然壓了鉛塊般沉重。

從得知徐在熙生病的事到現在不過才經過幾個小時，我的思考更不上最新進度，如踏在萬里雲霧，表面接受了，內心還不踏實。

多想拋下一切，或是隨便抓個人好分辨這是現實還是夢境，但眼前的徐在好和徐亦新的應對都太過冷靜，他們早就已經在這個夢魘般的現實清醒過無數回。

徐亦新總算出聲，「是我不好，我媽寵在熙，他們一起演戲瞞過我們，直到我們全家人要去國外看奶奶，在機場在熙突然頭痛昏倒，我們才知道他生病的事。」說完，他安慰性按了一下我的肩膀。

「筱薇，我哥知道，反覆嘗試之後，妳一定會回到他的身邊，他就是有這種奇怪的自信。」徐在好打開從便利商店買來的啤酒，灌下一口後，低低說道：「但我不希望。」

我木然地聽著她說話，半點回應都吐不出來。

徐在好老練地說，彷彿這傷心她每日都深刻體驗過一回，「可是他的人生太短了，我拿不出其他證明來證明還有比妳更好的人。」

「學姊，妳討厭我嗎？」我丟出了同樣的問句。

「恨不得掐死妳。」徐在好的語氣甚至有些慷慨，「為了在熙，我還得假裝若無其事對妳好，我在心裡不知道殺死妳多少回，我本來想如果是妳，也許能勸他至少乖乖做治療，或許還能讓他在還來得及的時候去動手術。」

我低著頭，不敢看她，「對不起。」

「把全世界縮減到唯一的一個人，把唯一的一個人擴大到像上帝那樣，這才是愛。」徐在好低聲唸道，「我以為雨果說的這句話是屁，沒想到我哥有始有終地把它體現。」

仰頭一乾而盡手中的啤酒，徐在好拍拍膝蓋站了起來，「學妹，妳自己好好想想。」

徐在好走後沒多久，徐亦新才開口說道：「筱薇，在好只是在鬧脾氣，妳別放在心上。」

他的嗓音低啞悅耳，有幾分和徐在熙相似。

「她沒說錯，在熙給我過暗示，可是我卻沒發現。原來他早就傷痕累累。」

「誰的心上沒有傷，我也有，妳也有。只是看誰的自癒能力好不好，這不特別，而妳只是剛好是徐在熙心上的那道傷，若他無法癒合，也不關妳的事。」徐亦新嘆了口氣，「我回來得太晚，不清楚在好和在熙在想什麼，如果可以，這是我們家的事，我不希望妳也牽扯進來。」

「萬一學姊說的對呢？也許我答應在熙的話，他說不定就會答應動手術。」我越說越絕望，「都是我的錯。」

彷彿又回到了姊姊出車禍的那晚，可是那時候有徐在熙陪著我，如今我只剩下一個人面對。

「不是妳的錯，筱薇，妳沒有任何錯。」

傾吐聲息，宛如狂浪淘沙，試圖攫走了我緊緊篡在心中的恐懼。

徐亦新輕輕按住我，深幽的雙瞳強制凝望著我的雙眸，他表現沒有一絲動搖或遷怒，修長的手指輕輕撥開因為淚水年在我臉頰上的髮絲。

「不是妳的錯，何筱薇，妳看著我的眼睛。」他堅定的語氣又重申一次。

「我不是你的病人！」我推開他伸出的手，很快跑離開來。

等我回過神來，我已經置身在醫院大廳，任著穿透玻璃的自然光線如銀色微塵將我包圍在一片黑暗中。

以後怎麼辦？

在熙太可憐了，他以後會怎麼樣？

我忍不住蹲在大門口嚎啕大哭。

ღ

我終究沒辦法拿出勇氣去看在熙，我傷害他太深，我沒有資格去見他。徐亦新開車到學校找過我幾次，我始終都拒絕了他的邀約。

徐在熙早知道我們總有一天會分離，所以再次回到我身邊的時候，他從來沒有說過一句愛我，明明獨自背負著煩惱和壓力，面對我的時候，他卻始終都泰然自若。

「你呢？你又是從什麼時候知道的？」

百年榕樹垂落下的樹蔭壓在身上，我仍覺得透過縫隙穿透的陽光刺眼，抬起手遮了遮，我瞇著眼看著眼前的校園。

電話的另一頭，尹鉉禹陷入長久的沉默，最後鬆口吐出一句話：「我一開始就沒相信，後來讓Vincent去查，那位哥哥昏倒那天，Vincent剛好查出來。」

「我知道了。」沒辦法再多說一句話，我連道別都沒說就切斷了通話。

都是我的錯，當初我們都選擇了任性，現在就該承受後果，不知珍惜的我們，愛情就是最好的懲罰。

我一頭栽進了學習和社團，報名了三個語言檢定考，每個等級都是超過我現在的程度，容不得韓佳儀的勸阻，我放任考試壓力將我淹沒，才不會想起徐在熙。

「薇薇。妳真的不和我們一起去看在熙嗎？」結束課程，剛走出教室，宋凱傑拿著一頂安全帽堵住通道，韓佳儀看著我，滿是憂愁。

「學妹，去看他吧！在好學姊我們可以幫妳擋一段時間。」

我搖頭，「我等一下還有德檢衝刺課要上。」

「學妹妳在等什麼？難道妳要等到他的葬禮才要去看他嗎？」宋凱傑沒有韓佳儀的和氣圓滑，神情一冷，厲聲說道。

「我——」

身旁猛然伸出一隻手把我拉走。

是徐在熙。

我睜大眼睛，沒辦法做出任何反應，任著他拖著我走了好長一段距離。

「學妹，你怎麼跑來學校找我？我剛去妳們班上，沒看到妳，還以為妳怎麼了。」徐在熙叨叨絮絮地數落了我一頓。

他沒有穿病人服，而是很簡單的上衣和牛仔褲打扮。

「你，你剛跑回新竹嗎？」

「學妹妳不是說這禮拜妳們家要辦畫展缺人手嗎？」

我愣了愣，「喔嗯……我說過。」

還好媽媽現在和鄭畫家敘舊去了，這陣子畫廊都暫停歇業，媽媽還不知道徐在熙生病的事，否則現在肯定亂了。

我記得徐在熙大一的時候很喜歡這樣休閒的美式穿搭。

忍不住語氣一軟，我又溼了眼眶，「徐在，學長，現在要去哪？」

徐在熙側過視線，嘴角微微勾起，「妳等等就知道了。」

他又叨唸道：「學妹，妳以後來台北，提前跟我說一聲，妳一個外縣市的人，人生地不熟，等一下被拐走怎麼辦？」

趁著他轉向前方的空檔，我偷偷擦掉眼角的淚珠。

徐在熙拉著我到學校後門的一間冰店。半涼不熱的天氣，吃清涼的東西確實再適合不過。

我上網查過資料，像徐在熙這種病人，會有記憶錯亂的時候。

我試探性問：「怎麼會突然想找我吃冰？」

現在的他回到了哪個過去？那個時候的我們做了什麼？

徐在熙有點緊張：「我聽妳姊姊說，妳最近都把自己關在畫室，這樣多不健康，該出來走走。」

往事浮光晃過眼前，我怎麼現在才發現我的高中生活裡早就填滿了他的身影。

「吃冰就健康了嗎？」我貧嘴道。

「妳前幾天不是在臉書上轉發冰店的貼文嗎？我問妳姊，她說妳喜歡吃冰。」

我有些鼻酸，故意問道：「學長，你是不是喜歡我？」

徐在熙嗆咳了幾聲，擺擺手，「只，只是基於學長照顧學妹的心意。」

沒繼續逼他，我斂下眼，有點想哭，「那真是謝謝學長。」

店員送餐上來，徐在熙將湯匙塞到我的手中，滿心期待地看著我。

「學妹，等吃完冰後，我們回家。」

「回哪個家？」

「我們的家。」他翩然笑起，目光炯炯。

在我高中時期，他曾經一段時間借住在我家，那時的他和我的家人都處得很好，他於是

戲稱我家是他第二個家。

「好，我們回家。」

攥著鐵湯子的手不控制地抖了起來，耳邊金屬碰撞上玻璃盤清脆的聲響。

桌上兩碗淋滿糖漿的雪白冰沙，在日照光線下，晶瑩透亮，我用湯匙挖了一口，含入嘴裡，清甜冰霜透著果糖的香甜在嘴裡擴散，一匙又一匙，不敢停，怕低頭眼淚就掉下來。

我感覺自己的心硬生生地被掰成了兩半，一半飄然不真實，將就著眼前虛幻的美好時光幾乎要忘了煩惱，另一半卻沉沉墜在萬丈深淵裡。

他的目光純淨的只剩下少時最單純的溫柔和期盼，過去他把自己的感情藏得極深，等到他真能無所顧慮的時候，只剩下極光片羽的時間。

那天下午，我們聊了很多，徐在熙的時間停格在我的高中時期，每當他談及大學生活的話題，他會立刻陷入激動，繪聲繪影地說給我聽。

「徐在熙。」

步出冰店，徐在熙興高采烈地說著他在大一生活裡的趣事。青色的天空，乾淨的連半片雲彩都沒有。

聞聲，他回眸，春風滿面，「怎麼了?學妹。」

我深深呼吸，躍步上前，踮起腳尖，快速舉起手捉住他的下巴，跳了起來，吻上他的嘴唇。

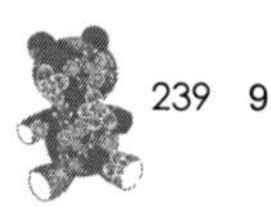

「我喜歡你，在熙。」退後了一步，看著他反應不及的表情，我抿唇輕笑，「學長，如果你可以喜歡我，那你……就別喜歡別人。」

冰店外，我看見一片茵綠色的草皮，倏然，草地上的灑水器噴灑起水花，我們誰都沒有動，任著水珠如毛毛細雨般降下，我舉起手輕輕擦過他臉頰的水珠，細長平滑的指尖停留在他冰涼的肌膚上，水珠滑過手指，慢慢沿著下巴流下，像是淚珠。

ღ

隔了幾日。

我翹掉新聞部的例行開會和第九、十節經濟學補課，偷偷溜進了醫院，除了韓佳儀以外，沒有人知道我跑來看徐在熙。

宋凱傑和我說期中大會那時的徐在熙時間早開始錯亂了，對我來說，那是我倔強推開他的第二次，對他來說，是第一次，他重溫了一遍，卻不自知。

推開病房，病房安靜得連一根針掉下去都能聽見，徐在熙正在睡覺。

我搬了旁邊的一張摺疊椅子，坐在病床邊，靜靜地望著他。

半晌，我小心翼翼地伸出手，輕觸他的頭髮，短短的頭髮很軟，纏上我的手指，輕巧如羽毛，又輕輕點了下他的眉心，順著他眉骨、鼻樑向下，最後點在他的下巴。

他的體溫近乎冰涼，若不是溫熱的吐息規律掃過我的手指，我有種他下一秒就會停止呼吸的錯覺。

「在熙，是我對不起你。」我把頭靠上他的身旁，「六個月前我推開你，你為什麼還要回來？你推邵禹安出來了，為什麼還要捨不得？這樣值得嗎？」

回應我的只有一片蠻荒的寂寥。

我注意到他垂落被單外的一隻手緊緊攥著某樣東西，我輕托起他的手，他的手繃得緊，青筋和血管都在手背上分明突起，興許是感受到熟悉的氣息，他的拳頭在我的手掌中一節一節鬆開，一張皺得幾乎破爛的黃色便利貼掉了出來。

低頭一看，那是某天我在餐廳外遇見喝得爛醉的徐在熙，回家時我寄了尹鉉禹給我的補品給他，我貼在箱子裡面的便條。

「傷心也別喝太多酒，多傷身體，長大了成熟點，明天太陽還會升起。」

我的平靜終於出現裂痕，一道一道，像是失手輾傷的蛋殼，一點一點龜裂，下一瞬所有情感潰堤。

我不知道我是怎麼走出病房，整個人都渾渾噩噩，手腳麻木，連細微的難過或是喜悅都分不出來，直到搭乘手扶梯到大廳，迎面看見同樣也是來探病的徐亦新，我才慢慢有了點知覺。

我們站在急診室外，外頭有些涼意，我忍不住拉了拉外套領口。

徐亦新搓了搓手，有些侷促，「謝謝妳。」

「為什麼要謝謝我？」

「前天晚上，在熙終於答應動手術。」

我睜大雙眼，悲喜交雜，「動手術……事已至此，還有希望嗎？」

我不是很懂醫學，但開刀這種事應該是越早越好。

「筱薇，我雖然是醫生，但我相信奇蹟。」

「奇蹟這種事不是只存在電視劇或是小說裡嗎？」

徐亦新淡然一笑，「說不定我們現在也是某人筆下的角色。筱薇，奇蹟這種事，妳相信就會有。」

打開公事包，徐亦新拿出了一疊皺巴巴的紙，遞到我面前。

「這些他以後也不需要了，妳留著吧。都是在熙在失憶之前寫下來，預防有一天自己忘記可以看的備忘錄。」

我接過紙張，徐亦新說這是徐在熙事先寫給了自己的備忘錄，我卻覺得像是他給這世界上他曾存在過的最後存證。

內容包括了家人朋友的特徵和喜好，整整三百條，頁尾上還標了頁碼，這還只是第一張。從第五十條條之後，每一條上都有我的名字。

「何筱薇早上有起床氣，買培根燒餅夾蛋和杏仁茶，可以讓她消氣。」

「如果何筱薇問你關於出國的事，你一概回答『準備好了，只剩下還沒把妳打包』。」

「何筱薇很笨，別說太深奧的話，當你回答不出她的問題，你只要告訴她『我想妳』，還有，不準讓她傷心。」

「何筱薇冬天容易感冒，提醒她不要著涼，如果還有力氣，叫每天會來看望你的大哥寄一床被子給她還有……」

閱讀到最後，最後一行的字跡有被水暈開的痕跡，開頭的「何筱薇」三個字只剩下模糊不清的三個小點，擠在紙張的邊緣彷彿要掉出去。

那三個很簡單，他這樣寫：「我愛她。」

拿時間去賭一個人，值不值得我不知道，我只知道無論結果如何，我們都該願賭服輸。

ღ

「走在陌生的城市，陌生的夜空，
卻唱著似曾相似的情歌。
這世界也許真的有魔鬼，
所以我們的愛，才會只剩下昨天。
如果知道會錯過，又何必要想起。

我和你最靠近的時間，是心跳停止的時刻。」

在熙，你聽到了嗎？

尹鉉禹在上週突然發布新歌〈比起昨天更喜歡〉，首發當日在youtube上的點播率就高達一千萬人次。

Vincent跟我說，那首歌是寫給我。尹鉉禹透過他跟我說，如果我願意，這次換他再給我三個月，甚至是更多的時間都可以。

我因為徐在熙得到了我原本不應得的幸運太多，包括尹鉉禹，甚至現在我覺得能與他重逢已經用盡我全部的幸運。

姊姊在徐在熙進手術之後沒多久就醒來了。

我去看過她，確認她真的沒事後，我把時間留給後來趕到任司海和姊姊，我透著病房門上的小窗往內偷偷瞥了幾眼，兩人的臉色都不是很好，任司海看上去甚至有些沮喪，看來任司海在愛情上還有好多事要學。

不論之後，姊姊選擇繼續和他在一起或是分手，我都祝福姊姊的決定。

過沒多久，我清理手機裡的簡訊匣時，發現在手術開始前，徐在熙傳了封簡訊給我。

「值得。」

我愣了愣，重新整理了一遍之後，閃爍的螢幕上依舊只有這兩個字。

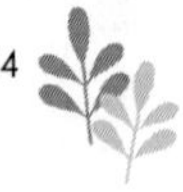

這兩個字輕巧無重量，卻狠狠砸在我的心，但我明白他的意思，直到這刻，我竟然才終於從徐在熙身上嗅到一絲凡人的脆弱。

「筱薇。」離開交誼廳，我走回手術室外，徐亦新坐在外面的休息區，他看見我，面帶微笑對我招招手，緊皺的眉頭稍微舒展開來。

「其他人呢？」

「在妤和我爸媽回家拿東西過來。」他塞了一個用外套做成的枕頭到我背後，讓我好坐一些。

「謝謝。」我牽起一抹微笑，「我想多了解一點在熙，你告訴我關於他的事好不好。」

「好，那妳可要很有耐心。」徐亦新臉上總算浮現一點溫情，墨黑色的深遂眼眸中那片霧氣慢慢散開。

靠在手術室外的長椅上，我靜靜聽著徐亦新細說著徐在熙小時候的故事，唇角始終維持同一個弧度。

我想，總有一天，曾經拚命想要挽回的任何事物都會變得不值得一提，包括了我或者他，徐在熙或者是任何人。

生命裡，有時我們會期許能成為某人特別的人，但特別不一定是最好，那個某人也不一定是對的人。

任司海讓我明白什麼是為了愛情勇敢，為愛有時候人可以不顧一切，而徐在熙比我更早

明白一切，他看似置身事外，但所有的出發點都是一樣的。

喜歡一個人不需要賭上全部，因為那已經包含在那個全部。

我們只要都比昨天更喜歡對方一點，這樣的幸運，日積月累，總有一天會成為一種動力：想為了對方，成為更好的自己而堅強的動力。

手術才剛開始兩個鐘頭，還有將近一天的等待時光。

但沒關係，我願意等，就如同他漫長的等待終於熬到結束的那日。我不是被雲霧掩蓋住朝暮或晚霞，他卻始終沒有放棄，他是十二月的暖陽，四月的夏風，尋我於每個天明。

我希望他出來的時候，能夠看見我好好的。

還有，我想親口告訴他，我比起昨天更喜歡他。

（正文完）

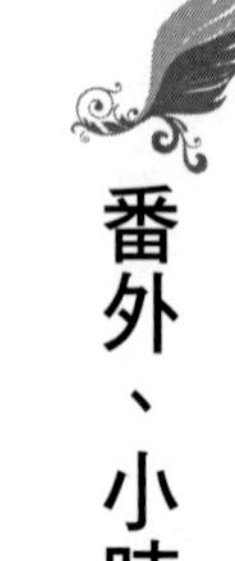

番外、小時光

深夜，空氣乾燥而溫涼，時不時颳來幾道冷風。一對男女從便利商店走出，個頭較小的女子穿著短袖運動服，迎面突然吹來一陣涼風，就像數道小刀子密密麻麻地刮在肌膚上。

「這樣太冤了。」她摩擦著手臂，一邊發抖，一邊不平衡地說。

一件風衣覆蓋到她的身上，走在她身邊的人，輕輕攬住她的肩，低下頭，問：「為什麼這麼說？」

「你剛不是說那個惡魔最後都沒有得到他想要聽的那句話，這樣太冤了吧，好歹它都讓那個智者體驗那麼多美好的事物了。」

走出便利商店前，他們剛好在談論男子最近閱讀的一部德國小說。

「這麼說，你同情那個惡魔？」

兩人走到了公車站牌前，女子打開了手機，確認公車時刻表，她點了點頭，有些漫不經心，「對啊，怎麼想都是那個惡魔吃虧了，這不就是付出了很多，卻沒有等到相對應的回報。」

男子低著頭，視線正好落在她的手機螢幕上，公車還有十分鐘到站，跳出時刻表，正好一則訊息彈了出來，他在她關起手機之前，飛快地掃了一眼上面的文字。

「妳還在找那個人？妳說小時候在醫院認識的那個男生。」意識到自己的訊息被偷看了，女子一點也沒有不高興，聳聳肩，把手機收進口袋，「嗯啊，但也不是非要找到不可，只是那時候約定了長大以後，還要繼續當朋友，然後，挺想知道他後來過得怎麼樣，他的姊姊後來有沒有康復，最後一次見面的時候，那時候太匆忙，都忘了要問他之後要去哪，碰碰運氣囉。」

男子有些無奈彎起嘴角，「妳連他的名字都不知道，只知道曾經在醫院哪間病房碰過面，要怎麼找人。」

「所以我才說只是碰碰運氣，小時候哪會在意名字和聯絡資訊，不過我們有拍過照。」

「把照片傳給我。」

「你要照片做什麼？」女子說到一半，忽然睜大眼睛，揶揄道：「你不會吃醋了吧？」

「才沒有，只是想看看我的女友小時候是不是就和現在一樣漂亮。」

「最好啦，就你會說話。啊對了，我跟你說喔，我聽說……算了算了，不是什麼重要的事。」她的眼裡閃著細微光芒，抬頭碰上那雙漆黑深邃的眼眸，說到一半的話突然中止。

「哪有人話只說到一半的，說看看，妳聽說了什麼？」

女子搔了搔頭，幾分靦腆，幾分不好意思，「我怕你聽了會誤會，我只是想跟你說，我之前不是說我國中的時候，偷偷喜歡我的家教老師嗎？聽說他最近要回來台灣了。」

「喔？這麼關心人家的近況。」

「我就說你會亂想有的沒的！我只是和你分享，你知道我只喜歡你。」

「嗯，我知道。」

女子甜甜一笑，隨後，她又低下頭，查看手機，她打開了一個餐廳評分的網頁，興致勃勃地瀏覽著上面的餐廳評價。

她頭也沒抬，隨口問：「你這星期五晚上沒事吧？你上次說要去醫院看健檢報告，是這星期五嗎？」

「沒事，我已經去拿報告了。別擔心，我不會忘記的，四周年紀念日。」

「報告怎麼樣了？你之前說常會頭痛，檢查結果還好嗎？」

「嗯，別擔心。」

「那就好，如果身體還是不舒服，一定要告訴我，別逞強。」

他們站在車道旁，呼嘯而過的汽車捲起陣陣熱風和烏煙，男子將女子稍稍往後一拉，避開撲面而來的廢氣。

夜空，月明星稀。街燈下，兩人的影子幾乎纏繞在一起。

「何筱薇。」

「嗯？」聞聲，她從手機上抬起頭，臉上掛著笑。

「算了，沒事。」

「哪有人這樣！徐在熙，快說！」

「嗯，我考慮。」

……

要青春52　PG2307

要有光 FIAT LUX　比起昨天更喜歡

作　　者　盼　兮
責任編輯　鄭夏華
圖文排版　林宛榆
封面設計　單　宇
封面完稿　蔡瑋筠

出版策劃　要有光
發 行 人　宋政坤
法律顧問　毛國樑　律師
印製發行　秀威資訊科技股份有限公司
　　　　　114台北市內湖區瑞光路76巷65號1樓
　　　　　電話：+886-2-2796-3638　傳真：+886-2-2796-1377
　　　　　http://www.showwe.com.tw
劃撥帳號　19563868　戶名：秀威資訊科技股份有限公司
　　　　　讀者服務信箱：service@showwe.com.tw
展售門市　國家書店（松江門市）
　　　　　104台北市中山區松江路209號1樓
　　　　　電話：+886-2-2518-0207　傳真：+886-2-2518-0778
網路訂購　秀威網路書店：https://store.showwe.tw
　　　　　國家網路書店：https://www.govbooks.com.tw
總 經 銷　聯合發行股份有限公司
　　　　　231新北市新店區寶橋路235巷6弄6號4F
　　　　　電話：+886-2-2917-8022　傳真：+886-2-2915-6275

出版日期　2019年11月　BOD一版
定　　價　320元

Printed in Taiwan

國家圖書館出版品預行編目

比起昨天更喜歡 / 盼兮著. -- 一版. -- 臺北市 :
要有光, 2019.11
面 ;　公分. -- (要青春 ; 52)
BOD版
ISBN 978-986-6992-29-2(平裝)

863.57　　108018008

讀者回函卡

感謝您購買本書，為提升服務品質，請填妥以下資料，將讀者回函卡直接寄回或傳真本公司，收到您的寶貴意見後，我們會收藏記錄及檢討，謝謝！如您需要了解本公司最新出版書目、購書優惠或企劃活動，歡迎您上網查詢或下載相關資料：http:// www.showwe.com.tw

您購買的書名：＿＿＿＿＿＿＿＿＿＿＿＿＿＿＿＿＿＿＿＿＿＿

出生日期：＿＿＿＿年＿＿＿＿月＿＿＿＿日

學歷：□高中（含）以下　□大專　□研究所（含）以上

職業：□製造業　□金融業　□資訊業　□軍警　□傳播業　□自由業

□服務業　□公務員　□教職　□學生　□家管　□其它＿＿＿

購書地點：□網路書店　□實體書店　□書展　□郵購　□贈閱　□其他

您從何得知本書的消息？

□網路書店　□實體書店　□網路搜尋　□電子報　□書訊　□雜誌

□傳播媒體　□親友推薦　□網站推薦　□部落格　□其他＿＿＿＿＿

您對本書的評價：（請填代號　1.非常滿意　2.滿意　3.尚可　4.再改進）

封面設計＿＿　版面編排＿＿　內容＿＿　文／譯筆＿＿　價格＿＿

讀完書後您覺得：

□很有收穫　□有收穫　□收穫不多　□沒收穫

對我們的建議：＿＿＿＿＿＿＿＿＿＿＿＿＿＿＿＿＿＿＿＿＿＿

＿＿＿＿＿＿＿＿＿＿＿＿＿＿＿＿＿＿＿＿＿＿＿＿＿＿＿＿＿

＿＿＿＿＿＿＿＿＿＿＿＿＿＿＿＿＿＿＿＿＿＿＿＿＿＿＿＿＿

＿＿＿＿＿＿＿＿＿＿＿＿＿＿＿＿＿＿＿＿＿＿＿＿＿＿＿＿＿

請貼
郵票

11466
台北市內湖區瑞光路 76 巷 65 號 1 樓

秀威資訊科技股份有限公司 收

BOD 數位出版事業部

....

（請沿線對折寄回，謝謝！）

姓　　名：＿＿＿＿＿＿＿＿＿＿　年齡：＿＿＿＿　性別：□女　□男

郵遞區號：□□□□□

地　　址：＿＿＿＿＿＿＿＿＿＿＿＿＿＿＿＿＿＿＿＿＿＿＿＿＿＿

聯絡電話：(日)＿＿＿＿＿＿＿＿＿＿＿＿(夜)＿＿＿＿＿＿＿＿＿＿＿＿

E-mail：＿＿＿＿＿＿＿＿＿＿＿＿＿＿＿＿＿＿＿＿＿＿＿＿＿＿